Flores falastronas

FLORES FALASTRONAS

índigo

Ilustrações de Laurent Cardon

GLOBOLIVROS

Copyright do texto © 2021 by Índigo
Copyright das ilustrações © 2021 by Laurent Cardon

Todos os direitos reservados. Nenhuma parte desta edição pode ser utilizada ou reproduzida — em qualquer meio ou forma, seja mecânico ou eletrônico, fotocópia, gravação etc. — nem apropriada ou estocada em sistema de banco de dados, sem a expressa autorização da editora.
Texto fixado conforme as regras do Acordo Ortográfico da Língua Portuguesa (Decreto Legislativo nº 54, de 1995).

Editor responsável: Lucas de Sena
Assistente editorial: Jaciara Lima e Lara Berruezo
Coordenação editorial: Pipa Conteúdos Editoriais
Preparação: Rayssa Galvão
Projeto gráfico original: Laboratório Secreto
Diagramação: Raphael Bastos
Revisão: Cristiane Pacanowski

CIP-BRASIL. CATALOGAÇÃO NA PUBLICAÇÃO
SINDICATO NACIONAL DOS EDITORES DE LIVROS, RJ

I34f

    Índigo, 1971-
       Flores falastronas / Índigo ; ilustração Laurent Cardon. - 1. ed. - Rio de Janeiro : Globo Livros, 2021.
      il.

    ISBN 978-65-88150-22-1

    1. Ficção. 2. Literatura infantojuvenil brasileira. I. Cardon, Laurent. II. Título.

21-70072

                  CDD: 808.899282
                  CDU: 82-93(81)

Camila Donis Hartmann – Bibliotecária – CRB-7/6472

1ª edição, 2021

Direitos de edição em língua portuguesa, para o Brasil, adquiridos por Editora Globo S.A.
R. Marquês de Pombal, 25 — 20.230-240 — Rio de Janeiro — RJ — Brasil
www.globolivros.com.br

Para Nancy, Milena e Kiss,
que conseguem ser gente, sendo flores.

PARTE UM

O REINO DOS ENRAIZADOS

Ana Cristina tinha mania de conversar com plantas. Vivia num sítio, com o marido e dois gatos. Estava acostumada a ouvir muito mais que os olhos enxergam. Isso pode ter a ver com o fato de ser escritora. A qualquer hora do dia, até nos momentos mais tranquilos, aguando suas plantas, por exemplo, dentro da sua cabeça aconteciam discussões entre personagens. Havia dias em que determinado personagem desembestava a falar sozinho, desesperado para que suas palavras fossem transferidas para um arquivo de Word. A escritora cedia ao desejo de todos eles, ciente de que essa era sua função na vida.

Havia muitos anos escrevia livros de ficção. Encontrava-se naquele ponto de grande familiaridade com o estranho processo de germinação dos personagens. Eles sempre começavam como criaturinhas dóceis e delicadas, sussurrando palavrinhas desconexas num tom tímido. Com o passar do tempo, se engrandeciam até virarem pequenas celebridades carentes de atenção. Acordavam a escritora no meio da madrugada e a obrigavam a ir para o computador, mesmo que de pijama e sonolenta.

Ana Cristina escrevia as histórias sabendo que era a única maneira de saciar os personagens. Personagens falantes dentro da cabeça eram algo que ela conhecia bem, mas guardava para si. Era discreta em relação aos loucos caminhos do processo criativo. Nas poucas vezes que ousou falar a respeito, percebeu que, quanto mais explicava, pior ficava. Sempre soava como uma louca varrida.

A mania de conversar com plantas era diferente. Vinha de família. A avó costumava dizer que o segredo para ter plantas bonitas é conversar com elas todos os dias. Ana Cristina se perguntava sobre quais assuntos a avó tanto conversava com as plantas. Nunca imaginou que, após certa idade, também começaria a conversar com plantas e que a conversa aconteceria muito naturalmente. Dava-lhes bom-dia, comentava o desempenho de cada uma, elogiava as que floriam, prometia cuidados especiais às que estavam com uma carinha chororô. Até pedia licença antes de fazer alguma poda radical, explicando que era para o próprio bem delas.

Num certo domingo de agosto, Ana Cristina acordou inspirada para passar o dia cuidando do canteiro de ervas aromáticas do sítio onde vivia. O canteiro de ervas aromáticas era seu grande xodó, composto de lavanda, alfazema, arruda, alecrim, manjericão, cânfora e mirra. Como sempre fazia nessas ocasiões, conversou com as plantas.

Só que dessa vez elas responderam.

SEM LÓGICA OU VERGONHA

Ana Cristina olhou para os lados e pensou em gnomos. Não que ela acreditasse em gnomos, mas a voz que acabava de ouvir era fina, infantil e cantarolada. Não pertencia ao reino dos humanos. Por isso não respondeu. Só apurou os ouvidos, morta de medo, desejando que aquilo que tinha acabado de ouvir fosse, na verdade, o canto de um passarinho diferente, um grilo, uma cigarra, um esquilo. Até um filhote de gato perdido.

— Aqui, ó! Bem aqui!

Por mais que buscasse uma explicação racional, sabia que nenhum passarinho, por mais diferente que fosse, nenhum grilo, cigarra, esquilo e muito menos um gato perdido conseguiria mimetizar tão bem a voz humana.

Ana Cristina virou os olhos em direção ao canteiro das alfazemas, desejando não flagrar nada de anormal. Em pensamento, pedia que fossem apenas vozes na sua cabeça.

— Achou!

Um conjunto de marias-sem-vergonha elevou as hastes à altura das pétalas coloridas, vibrando as folhas como pequenos braços desesperados por atenção.

Estavam plantadas atrás das alfazemas. "Plantadas" não é bem o termo. Ninguém havia plantado elas ali. Elas simplesmente brotaram e foram ficando, como é o costume das marias-sem-vergonha. Só que agora estavam "falando".

Não que tivessem desenvolvido boquinhas. A anatomia das plantas era a mesma de sempre, mas agora elas emitiam sons. Ana Cristina achou por bem ignorar. Só queria sair correndo dali. Ao mesmo tempo, seu lado cético e racional comandava que controlasse o pânico e tratasse de entender o que estava acontecendo.

Ela encarou o canteiro.

— Tá com medo? — perguntou a vozinha fina e cantarolada.

A pergunta fez com que as pernas de Ana Cristina bambeassem a tal ponto que temeu não conseguir se manter em pé. Seu coração disparou. Não respondeu à pergunta.

— Não precisa ter medo, não. Nós não mordemos.

A fala foi acompanhada de uma risadinha sarcástica de personagem de desenho animado.

— Mas lemos pensamentooos — cantarolaram.

Ana Cristina resolveu que não ia responder de jeito nenhum. Se liam pensamento, não precisava responder. Ainda olhando para os lados, convencida de que aquilo era uma brincadeira de péssimo gosto, afastou-se com cautela.

— Sabemos tudinho o que você está pensando...

Então ela parou. Um pé na frente do outro, feito um mímico de rua.

— Você está pensando que isso é um sonho.

Mesmo assim, Ana Cristina não respondeu. O máximo que conseguiu fazer foi se virar (tudo muito lentamente) e voltar ao lugar onde estava antes, sempre com movimentos calculados. Ajoelhou-se, desconfiada e trêmula.

— Nós te observamos há um tempão, sabia?

Ana Cristina recolheu as pernas para junto do peito e tirou os pés do chão. Teve a sensação de estar sendo observada não apenas pelas marias-sem-vergonha, mas por todas as plantas ali; os pinheiros, as quaresmeiras, os arbustos de azaleia… até a grama onde estava sentada.

Deu um sorrisinho sem graça. Ergueu a mão e mexeu um pouco os dedos. Com esse movimento mínimo, sentiu-se um pouco melhor. Ao menos era uma reação. Estava sendo educada. Lembrou-se de *Alice no País das Maravilhas*. Como escritora de livros de ficção, era de se esperar que tivesse mais traquejo para esse tipo de situação. Se aquilo fosse um dos seus livros, a personagem teria respondido sem vacilo, e, a essa altura, escritora e plantas estariam num papo animado e muito natural. Mas aquilo era a vida real, e Ana Cristina não soube como reagir.

— Pode responder por telepatia. Nós entendemos da mesma forma.

Prefiro, respondeu a escritora, em pensamento.

— Só é um pouco absurdo, né? Tipo, você tem cordas vocais. Você tem vocabulário e familiaridade com as palavras. Mas já que se recusa a falar, o que podemos fazer?…

Eu preciso de um tempo. Isso é bizarro demais, desculpou-se a escritora.

— Você tem todo o tempo do mundo. Não vamos pra lugar nenhum. — Riram.

Elas tinham senso de humor. Isso era bom. O fato de serem marias-sem-vergonha também ajudava, de certa maneira. Não pertenciam ao que Ana Cristina considerava "suas plantas".

Já que estamos "conversando", preciso perguntar uma coisa, verbalizou em pensamento.

— Pode perguntar — responderam em alto e bom som.

Por que vocês estão falando comigo?

As marias-sem-vergonha confabularam entre si num idioma ininteligível. Para a escritora, foi reconfortante constatar que tinham uma linguagem própria. Isso as tornava menos humanas. Ana Cristina nem chegou a ficar ofendida por estar perdendo essa parte da conversa.

— Bem, Índigo, ainda não podemos revelar o motivo. O que podemos dizer é que isso é só o começo.

— Como vocês sabem meu pseudônimo?! — sem querer, perguntou em voz alta. — E como assim: isso é só o começo?

— Pense em nós como porta-vozes de uma causa maior.

— Oi?!

— Nós somos a porta de entrada.

Hum.... perigo!, Ana Cristina disse para si, com esperança de que elas não ouvissem. Mas elas captaram e prosseguiram:

— A porta de entrada para um mundo especial. Estamos te preparando para um acontecimento extraordinário.

— Mais extraordinário que isso?! — deixou escapar, em voz alta.

— Mais, bem mais.

É roubada, pensou.

— Não precisa ter medo. Se tiver medo, tudo fica mais difícil.

— O que vocês querem de mim? — A pergunta fez com que se sentisse no auge do ridículo.

— Por enquanto, apenas estabelecer contato. Nos próximos dias você receberá instruções.

— Instruções pra quê?

— Quando chegar o momento, você saberá.

Vocês não podem me obrigar a fazer nada, pensou consigo. Novamente achando que ainda tinha o direito de pensar com privacidade. Não tinha. O canteiro respondeu com um murmurinho que soou a escárnio: "Hummmmm". Então as marias-sem-vergonha ergueram as folhas. Acenaram um tchauzinho, sacudiram o caule como quem sacode a bunda e deixaram Ana Cristina falando sozinha.

Não responderam quando ela perguntou o que deveria fazer agora nem quando tentou obter mais detalhes acerca do tal acontecimento extraordinário. Irritada com a mudez repentina, aproximou-se da moita de marias-sem-vergonha e tentou forçar a comunicação. Chegou a agarrar algumas pela haste e aumentou o tom de voz. Partiu para a ignorância. Depois vasculhou tudo, apalpou o chão, revirou o mato em busca de algum gravador, uma câmera, um cabo, um gadget qualquer. Catou uma vara de bambu e saiu andando por aquele pedaço de jardim, cutucando tudo quanto era planta. Chamou cada uma pelo nome da espécie, acrescentando um "dona", "senhor" ou "senhorita", conforme julgou apropriado. Embora ainda se sentisse bastante maluca agindo assim, estava determinada a conseguir uma explicação racional.

Ninguém respondeu.

Depois de um bom tempo, Ana Cristina recolheu as ferramentas de jardinagem, guardou tudo numa cesta e, sentindo que estava sendo observada, afastou-se.

Em casa, espremeu um limão e entornou um copo de suco como se fosse pinga. Pela janela da cozinha, observou o jardim com outros olhos. Só então lembrou-se de que estava sozinha no sítio. Luís, seu marido, estava em São Paulo, só voltaria na semana seguinte. Ana Cristina sentiu um arrepio na espinha. Trancou a porta da frente. Depois, pegou o celular e começou a digitar uma mensagem. Apagou. Luís não ia entender. Pior, ia querer que ela explicasse direito. Ela ia ficar nervosa, dizendo que não dava para explicar. Luís ia fazer mil perguntas, ficaria preocupado... Imaginou a cena. Ele ansioso, perguntando se deveria voltar, ela respondendo que não, que estava tudo bem, tentando se controlar para não chorar de nervoso, Luís desconfiado... Prevendo tudo isso, mandou um oi e um coração com uma flecha.

Então lembrou que, no fim, acabou não aguando as plantas. Ficou devendo o bainho gostoso que havia prometido. Deveria voltar?

Imaginou árvores arrancando as raízes da terra como gigantes atolados na lama, avançando com passos cambaleantes, os galhos estirados à frente do corpo, como zumbis de filme B. Lavou o rosto ali mesmo, na pia da cozinha. O pior é que Luís tinha levado o carro. Nem que quisesse, não teria como fugir. Teria de dormir sozinha, à mercê da natureza. Ao mesmo tempo que pensou isso, percebeu a insensatez. À mercê da natureza?! Precisou de alguns instantes para descartar a ideia de árvores ambulantes em busca de vingança.

Tentando se acalmar, recapitulou a conversa com as marias-sem-vergonha. O problema começava aí. Marias-sem-vergonha falando sobre um acontecimento extraordinário com um tom de voz de desenho animado, sacudindo a bundinha no fim da conversa, com jeito de quem se diverte com a situação. A escritora decidiu descartar o episódio inteiro como um delírio.

Inspirou fundo e voltou ao jardim. Aguou as plantas como fazia todo fim de tarde, seguindo a mesma sequência, agindo como se nada tivesse acontecido. Seus gatos logo se aproximaram para bebericar da água que escorria pela mangueira. Ana Cristina não tinha cachorro; pela primeira vez, lamentou não ter ao seu lado um animal que impusesse respeito. Nesse dia, foi mais generosa com a água, para evitar reclamação. Então chamou os gatos e entrou. Eram seis da tarde. Tomou banho, vestiu o pijama, preparou um sanduíche e trancou a casa toda, inclusive a porta do quarto. Antes, teve a sensatez de pegar uma tesoura de poda e enfiá-la debaixo do travesseiro.

UM POUCO DE EMBASAMENTO CIENTÍFICO

Ana Cristina não conseguiu dormir. Foi para o computador. Fez uma pesquisinha básica e confirmou o que já sabia: pessoas mundo afora conversam com plantas. Desde a década de 1970, cientistas vêm conduzindo experimentos no intuito de descobrir se esse comportamento tem algum efeito no desenvolvimento delas. Tem. Plantas que recebem palavras de amor ficam mais bonitas, vistosas e resistentes, enquanto plantas que sofrem bullying podem até morrer. Plantas que testemunham cenas de maus-tratos a outras plantas guardam essa informação e são capazes de reconhecer o agressor. O reconhecimento em si foi monitorado por meio de eletrodos, que captaram sinais de estresse quando o agressor se aproximou da planta que testemunhou os maus-tratos da colega. Plantas preferem música clássica a punk rock.

Plantas que recebem palavras de amor pronunciadas num tom violento definham. Plantas que recebem palavras de ódio pronunciadas num tom amoroso prosperam. Nada disso era novidade para Ana Cristina. Ela já tinha ouvido falar desses experimentos. A pesquisa chegou ao ponto que lhe interessava quando encontrou um projeto de um laboratório no Arizona, onde um grupo de cientistas vem trabalhando num detector acústico para ouvir a comunicação entre as plantas. A iniciativa surgiu depois que esses mesmos cientistas conseguiram distinguir os sons emitidos por um cacto que secava por falta d'água e outro que reclamava das condições ambientais. Os sons eram nitidamente distintos, o que levou os cientistas a concluírem que não se tratava de ruídos aleatórios, mas de uma linguagem com intenção específica.

A partir disso, Ana Cristina caiu numa iniciativa da Orquestra Filarmônica de Londres. No dia 26 de março de 2011, a orquestra realizou um recital de três horas para uma plateia composta exclusivamente de plantas em vaso. Uma das peças executadas foi a Sinfonia Número 40 de Mozart. Na plateia, havia gerânios, brincos-de-princesa e tulipas, além de bulbos ainda em fase de germinação. Descobriu também que, no Japão, a empresa Chuo Seika comercializa "Bananas de Mozart". As frutas amadurecem numa câmara especial, onde passam uma semana ao som de Mozart. O resultado pode ser conferido no sabor das frutas e no sucesso das vendas.

Era quase uma da manhã quando Ana Cristina decidiu encerrar a pesquisa. Salvou as anotações numa nova pasta do computador e a batizou como "comunicacao_vegetal". Sentia-se relativamente lúcida. Aquele era um assunto misterioso, porém não tão absurdo assim. O fato de haver cientistas sérios investigando o fenômeno já era um alívio. Ana Cristina considerava que agora conseguiria dormir quando um vulto entrou voando pela janela e pousou no monitor. Não era morcego. Se fosse, seria assustador, porém dentro da normalidade. Era um beija-flor. Ana Cristina olhou pela janela e notou que um segundo beija-flor estava empoleirado no parapeito, encarando-a. Ela paralisou. O do monitor então pulou até o teclado e digitou com o bico no campo de busca do YouTube. *Talking to plants*. Era o nome de um canal. O logo era uma margarida sorridente com olhinhos. O beija-flor voou até o parapeito da janela e pousou ao lado do outro, e ali permaneceu.

Ana Cristina clicou no primeiro vídeo, sem conseguir desviar o olhar do casal na janela. Um senhor inglês de cabelos grisalhos na altura do ombro apresentou-se como planta-sensitivo. Phil Green era seu nome. Sentado num tronco, num jardim na Tailândia, ele detalhou o método que vem usando há mais de quinze anos com resultados satisfatórios. Primeiro de tudo, a pessoa que deseja se comunicar com plantas deve se posicionar confortavelmente em frente ao "indivíduo" com o qual deseja se comunicar. Então, fecha os olhos e se concentra na planta, direcionando toda a sua atenção. Em seguida, a pessoa se apresenta, dizendo o nome e o que espera daquele encontro. Phil Green explica que as plantas têm um ritmo próprio, consideravelmente mais lento que o dos humanos, portanto é preciso falar suave e pausadamente e repetir cada frase três vezes. Se possível, fazer mímica para ajudar na comunicação. Phil Green também recomenda que a pessoa leve uma oferenda a cada encontro: um copo d'água, um punhado de húmus de minhoca ou mesmo um fio de cabelo que pode ser arrancado na hora e depositado aos pés da planta. Em seguida a pessoa deve aguardar, porque a resposta não é imediata. De novo, Phil ressalta a questão dos tempos distintos. Após algumas horas, a pessoa receberá a resposta em seus próprios pensamentos, sendo que às vezes a planta pode enviar a resposta durante a madrugada, e o humano a recebe por meio de um sonho. Percebendo que Ana Cristina estava prestando atenção a Phil e havia feito várias anotações, o par de beija-flores levantou voo e a escritora entendeu que agora, sim, podia desligar o computador e ir dormir.

Após um bom café da manhã, contemporizou. Se as plantas do sítio estavam a fim de se comunicar, ela responderia à altura, usando as armas disponíveis; no caso, o celular.

Fingiu ser um dia normal. Abriu a casa, alimentou os gatos e foi aguar a horta. A única diferença é que, dessa vez, levava um facão na cintura. Desejou o bom-dia cantarolado de sempre, agora ciente de que isso podia ter consequências. As plantas pareciam tranquilas e bem-dispostas, porém caladas. Forçou um pouquinho a barra e compartilhou o resultado da pesquisa que havia feito na noite anterior. Desculpou-se por nunca ter tocado Mozart para o jardim. Agora que sabia do "efeito Mozart", prometeu que selecionaria algumas sinfonias. Num dia comum, a visita matinal acabaria aí. Ana Cristina voltaria para casa e começaria a trabalhar. Retornaria à tardezinha.

Só que, naquele dia, resolveu ficar um pouco mais. Lembrou-se da dica de Phil quanto a respeitar o ritmo lento, se comparado à afobação dos humanos. Pegou um rastelo e tratou de varrer as folhas do gramado em frente à casa, falando qualquer baboseira que viesse à cabeça, mais para puxar assunto, até que ouviu:

— Ai! Cuidado!

Uma margarida ao pé de um coqueiro sacudiu a cabeça na direção da escritora. Era amarelinha, magrela e frágil, dessas espécies que brotam da noite para o dia e depois somem. Ana Cristina largou o rastelo e se ajoelhou à sua frente.

— Eu te machuquei?

Em resposta, ouviu um mimimi inteligível que a obrigou a aproximar o ouvido e pedir para que a margarida repetisse a resposta.

— Não, tudo bem. Eu gritei a tempo — respondeu ela, baixinho.

Estava sozinha no meio do gramado, tinha cinco centímetros de altura e parecia tímida aos olhos de Ana Cristina. Sua cor era forte, um tom de laranja ousado, e seu pedúnculo era coberto por uma penugem que lhe dava um aspecto simpático, quase como um animalzinho. Ana Cristina ficou enternecida não apenas pelo aspecto delicado e alegre, apesar de sua pequenez, mas por ter recebido uma segunda chance de se comunicar com o reino vegetal.

— Olá, eu me chamo Ana Cristina. Pseudônimo, Índigo.

— Eu sei, boba. Já sei de tudo.

Com as pontas dos dedos, Ana Cristina segurou numa das folhas serrilhadas da margaridinha, na intenção de fazer um aperto de mão. De novo, lembrou-se de *Alice no País das Maravilhas*, logo após a passagem em que Alice come um naco do cogumelo alucinógeno, seguindo a sugestão da centopeia que fumava narguilé. No seu caso, tudo acontecia a seco, por sua própria iniciativa, e no fim não haveria uma centopeia na qual pudesse jogar a culpa.

— Posso te chamar de Margarida? — perguntou.

— Prefiro Rapazinho Vulgar.

—Ah. — Foi tudo o que Ana Cristina conseguiu responder.

A pequena flor alaranjada explicou que Margarida é um pouco ofensivo, considerando a imensa variedade da espécie. Seria como chamar alguém da raça humana de Pessoa. Dentro da categoria "margarida", existem grupos, subgrupos e indivíduos. "Rapazinho", por exemplo, é um dos nomes populares daquele tipo de margarida. "Vulgar" era referência à margarida-vulgar. A combinação dos dois era uma iniciativa daquele indivíduo que, segundo explicou à escritora, naquele dia sentia-se mais masculino que feminino, e vulgar em ambos os casos. Tudo isso foi dito com um tom de deboche em sua fala.

— Hoje eu também estou me sentindo mais ousada. Até pensei em fazer um registro da nossa conversa — disse.

— Ui! Amo ousado! — respondeu Rapazinho Vulgar.

— Pensei em gravarmos um vídeo.

Ana Cristina posicionou o celular, sentindo-se como uma depravada prestes a cometer um ato obsceno, o que não a impediu de seguir em frente. Iniciou a gravação pedindo a Rapazinho Vulgar que se apresentasse e explicasse o porquê de um nome tão diferente.

— Pode responder, já está gravando. É só repetir o que acabou de me contar.

Seguindo as orientações de Phil, esperou pacientemente e repetiu a pergunta algumas vezes, desconfiando de um possível constrangimento por causa da câmera. Ao final de meia hora, Ana Cristina desligou a câmera.

— Desculpa, não consegui — disse Rapazinho Vulgar, tombando a cabeça para frente.

— Qual o problema?

— A pergunta foi muito pessoal.

— E se a gente tentasse um texto qualquer? Assim não fica pessoal.

— Que texto?

— Uma poesia. Você conhece algum poema de cor?

— Não — respondeu Rapazinho Vulgar com uma nota de tristeza na voz.

Ana Cristina correu para dentro de casa e ficou parada em frente à seção de poesia da estante da sala. A ideia de um texto poético foi mais pela concisão que pela estética. Mas, já que ia gravar um vídeo para registrar um fenômeno sobrenatural jamais testemunhado, que fosse com estilo. Deslizou o dedo até Baudelaire. Lá estava: *As flores do mal*. Daria um toque auspicioso. Ana Cristina imaginou o efeito viral, os algoritmos, as entrevistas, um possível canal no YouTube e, quem sabe... um documentário. HBO ou Netflix?

De volta ao jardim, arrancou um fio de cabelo da cabeça e o depositou aos pés de Rapazinho.

— O que é isso? — perguntou.

— Uma oferenda da minha amizade.

Estranhamente, Ana Cristina não se sentiu constrangida dizendo isso. Ao contrário, uniu as palmas das mãos em frente ao peito, numa reverência. Virou o celular para si, ajeitou os cabelos e contou para a câmera o que o mundo estava prestes a testemunhar. Repetiu a fala sete vezes até chegar num tom que fosse sério, instigante e crível. Depois inseriria uma trilha de suspense para dar o clima desejado. Abriu o livro e foi folheando. Leu as primeiras linhas de cada poema, até encontrar um que considerasse adequado para Rapazinho Vulgar. Não foi uma escolha fácil. A maioria era mórbida, violenta ou filosófica ao extremo. Finalmente encontrou um que lhe pareceu perfeito: "Que está sempre alegre". Explicou que a primeira leitura seria apenas para que ele entrasse no clima do poema. Na segunda vez já seria a gravação.

Ficou comovida ao ver o modo como Rapazinho Vulgar declamou Baudelaire: com sentimento, como se entendesse de verdade do que o poeta estava falando. Foi bonito de se ver. Uma interpretação poética pura, sem ego, sem afetação. Naquele momento, teve a certeza de que estava testemunhando um fenômeno poderoso que poderia abalar o meio artístico, o conceito de show business, a indústria como um todo. Aquilo era mais tocante do que muitas montagens teatrais, mais mirabolante que incontáveis filmes de Hollywood e muito mais original que qualquer coisa que tivesse visto no YouTube. Rapazinho Vulgar era autêntico. Não tinha referência de caras e bocas de youtubers, não tinha trejeitos ou vício de linguagem. Era de uma pureza total.

De novo, Ana Cristina se questionou se o que estava fazendo era certo, mas nem por isso interrompeu a gravação. Perguntou se ele podia repetir o texto em florês. Explicou que por "florês" se referia ao idioma que as marias-sem-vergonha utilizaram para conversar entre si no dia anterior. Rapazinho Vulgar achou o termo hilário e concordou em declamar em florês. Na língua materna dele, ficou ainda mais sonoro.

MENOS CIÊNCIA E MAIS POESIA

De volta à casa, Ana Cristina assistiu ao vídeo cinco vezes seguidas. A cada vez tentou se convencer de que o resultado não tinha ficado tão ruim assim. Quis acreditar que, com uma edição caprichada, daria para salvar. Só que não deu.

O resultado foi um desastre. O vídeo era incompreensível. Ao fundo, ouvia-se a voz da escritora lendo um poema, enquanto no primeiro plano a imagem mostrava um trecho de grama com uma margaridinha de jardim plantada ao pé de um coqueiro. Nada acontecia após o final da leitura de cada verso. Só um longo e entediante silêncio e a imagem do jardim. Depois de praticamente quatro minutos de espera, entrava uma voz bem fininha e ininteligível. Nada em Rapazinho Vulgar contribuía para passar a impressão de que era ele quem estava falando. Parecia um vídeo amador, metido a poético. A voz de Rapazinho Vulgar virou um mimimi bobo vindo de lugar nenhum que mal dava para entender.

Não rolou.

Conforme era seu costume sempre que estava sozinha em casa, Ana Cristina preparou o almoço, fez seu prato e foi comer na varanda, sentada na cadeira de balanço. De onde estava, conseguia enxergar Rapazinho Vulgar, plantado no mesmo lugar, quieto, talvez curioso para saber como ficou a gravação. O coitado tinha se esforçado. Não era culpa dele que a captura do som tivesse ficado ruim. Ana Cristina até considerou a possibilidade de alugar um equipamento de vídeo profissional, com lentes especiais e microfones com a tecnologia adequada para aquele tipo de gravação. Mas nada disso solucionava a questão da verossimilhança.

Como escritora, conhecia bem o problema. Os fenômenos que testemunhou não eram transmissíveis por vídeo. Ou seja, não tinha como provar. E, se não tinha como provar, de nada adiantava tentar compartilhar aquilo com o mundo. Adeus, Netflix e HBO. Adeus, algoritmos, fama e dinheiro. Isso a entristecia? Não. Diminuía a validade da experiência mais extraordinária de toda a sua vida? Certamente. Sem a possibilidade de oferecer provas, a experiência toda equivalia a um sonho. Ninguém entenderia, ninguém veria o que ela estava vendo.

Sentiu-se só e incompreendida. Lavou o prato e pegou uma porção generosa de sorvete de coco, seu preferido. Voltou para a varanda. As marias-sem-vergonha acenaram um oi, vibrando as folhas para o alto. Ela respondeu com um movimento dos dedos. Elas então sacudiram o caule, como no dia anterior, num movimento gracioso, imitando uma dancinha da moda. Ana Cristina resolveu deixar de lado a responsabilidade, como representante da raça humana, de obter um registro científico do comportamento das plantas do seu sítio. O sítio era dela, ninguém tinha nada a ver com o que acontecia ali.

Além do mais, que garantia tinha de que sua descoberta seria bem compreendida? Pensando melhor, o mais provável é que alguma autoridade do Ministério da Agricultura surgisse com um mandato de apreensão das plantas, e adeus ao Rapazinho Vulgar e às marias-sem-vergonha. Eles iam ser despachados para laboratórios sabe-se lá onde, sabe-se lá para qual finalidade, nas mãos de sabe-se lá quem. Melhor não.

— O vídeo ficou legal? — perguntou.

— Sim — mentiu Ana Cristina.

— É para guardar uma recordação do nosso encontro?

— É — respondeu, dessa vez com a tranquilidade de estar dizendo a verdade.

— Você também escreve poesia?

— Tenho algumas, mas nunca mostrei pra ninguém. Não são muito boas.

— Mostra pra mim — pediu Rapazinho Vulgar com aquele tom de voz pueril e inocente que apenas uma margaridinha de jardim pode ter.

Ana Cristina não precisou de um segundo convite. Ela já estava com o coração enternecido e resolveu que tiraria o dia de folga. Passaria a tarde com seu novo amigo. Nesse dia, não ligou mais o computador. Ignorou os prazos e levou um colchão de ar para o jardim. Estendeu um lençol, ajeitou alguns almofadões e improvisou um cantinho bem confortável, feito uma exploradora inglesa do século passado num acampamento da savana africana, algo assim.

— Ficou bucólico — comentou.

Para Ana Cristina, ainda parecia inverossímil que uma margaridinha conhecesse palavras como "bucólico". Ao mesmo tempo, eram esses detalhes que davam credibilidade àquela pessoinha plantada ao pé de um coqueiro, tão frágil e tão inteira.

— Você é a primeira pessoa para quem mostro meus poemas. Mesmo que você não seja uma pessoa de verdade…— disse antes de começar.

Em resposta, Rapazinho Vulgar tombou a cabeça para a frente, num gesto de agradecimento. A escritora pigarreou e declamou sua criação mais recente.

Louvação à goiabeira

Perdão, Dona Goiabeira
pela minha cegueira,
de não colher os frutos do chão.
Perdão minha senhora,
pela minha lerdeza.
O seu tempo chegou,
e eu lá no computador, com prazo.
Demorei tanto para perceber
o seu trabalho de parto.
Eu lá, indiferente
por causa do prazo, o prazo.
Fora isso, tem mais uma coisa.
No ano passado,
seus frutos estavam meio bichados.
Perdão, Senhora Goiabeira,
por minha indiferença,
cega à sua grandeza.
À sua generosidade.
Hoje vou provar seus frutos, tá bom?
Quanto aos bichinhos...
tiro um por um.
Gratidão, dona Goiabeira,
até pelos bichinhos.
De repente, como alguns.

Rapazinho Vulgar aplaudiu e pediu mais uma. Ela declamou. E assim passaram a tarde. Ao fim do dia, a escritora estava de pandeiro na mão, descalça na grama, movimentando o corpo enquanto declamava, acrescentando um fundo musical à sua criação poética, muito à vontade na pele de poetisa mística com plateia cativa.

Rapazinho Vulgar, um tanto entediado, havia tempos tinha deixado de pedir novos poemas. A escritora já não precisava de estímulo. Entusiasmada consigo mesma, jorrava poemas feito um cano estourado.

Distraída, não percebeu quando Kitty Cotonete acordou da sua soneca vespertina, alongou-se e foi até o gramado procurar um matinho diurético para comer. Cheirou Rapazinho Vulgar e deu uma primeira mordidinha, arrancando um tufo de pétalas. Só não o devorou até o talo porque, desmentindo a teoria de Phil Green sobre a disparidade temporal entre humanos e vegetais, Rapazinho Vulgar soltou um grito de socorro telepático que alcançou a escritora num microssegundo. Ela jogou o pandeiro longe e disparou em direção a Kitty Cotonete, atirando um chinelo em cima dela, berrando apavorada perante a cena do massacre.

Por sorte, o ataque não teve consequências sérias. Rapazinho Vulgar garantiu que estava tudo bem. Ele era resiliente, como toda planta, ia se regenerar sem trauma. Nem era a primeira vez que Kitty Cotonete arrancava um pedaço do seu corpo. Estava mais ou menos acostumado. Mesmo assim, Ana Cristina ficou superconstrangida. Depois disso, não teve mais clima para continuar declamando poesias como se não houvesse amanhã. Recolheu suas coisas e voltou para dentro de casa.

OVERDOSE DE PASSIFLORA

No dia seguinte, Ana Cristina estava trabalhando na horta quando verbalizou em voz alta o que já vinha ruminando em silêncio.

— Só não estou puxando papo porque, pra mim, vocês são salada. E todo mundo diz que é melhor não se apegar ao que pretendemos comer depois. Vocês entendem, né? — acrescentou rapidinho. — Não precisam responder!

Colocou os fones de ouvido e continuou revirando a terra. Nesse dia, estava bem tranquila em relação ao novo dom sobrenatural. Se aquilo estava acontecendo com ela, decerto estaria acontecendo com pessoas por todo o planeta. Não devia ser nada de anormal. Concluiu que as outras pessoas tiveram o bom senso de manter segredo a respeito. Num mundo cada vez mais desesperado para compartilhar e divulgar toda e qualquer coisinha, era até um privilégio vivenciar algo impossível de dividir com outro ser humano. Por fim, entendeu que aquela era uma experiência particular, que devia ser desfrutada como um sonho. Intransferível, inexplicável e cercada de enigmas.

Ana Cristina sentia um verdadeiro orgulho em dizer que plantava os próprios alimentos, mesmo que isso se limitasse a poucos itens para uma saladinha básica. Num futuro distante, quando tivesse mais experiência, imaginava-se plantando milho, mandioca, feijão e alimentos que ainda nem conseguia visualizar fora das gôndolas do mercado, como alho, por exemplo. Enquanto trabalhava, rememorava a interação do dia anterior. Decidiu que à tardezinha faria uma nova visita a Rapazinho Vulgar para perguntar uma série de coisas que tinham lhe escapado no dia anterior. Por mais interessante que tenha sido compartilhar sua poesia e ouvir a opinião de alguém tão receptivo, achou que tinha desperdiçado uma oportunidade valiosa de descobrir do que as plantas precisam. Enquanto cuidava da horta, foi elaborando uma pauta para a próxima conversa.

Nem lhe ocorreu que, na verdade, não cabia a ela determinar quando e onde aconteceria a próxima interação com o reino vegetal. Movida por uma superioridade tipicamente humanoide, resolveu que naquele momento não estava a fim de interagir com plantas e aumentou o volume do som do seu celular. Embalada pela música, ficou alheia ao canto dos passarinhos e a outros chamados da natureza. Perdida em pensamentos delirantes, perguntava-se se seria possível conversar com uma árvore de grande porte. Um jatobá ou um dos antigos pinus do tempo em que o sítio fazia parte de uma fazenda. Seria uma honra poder conversar com as velhas árvores que de vez em quando abraçava, todas com troncos tão grossos que os dedos não se encontravam do outro lado. Em dias turbulentos, costumava grudar as costas contra esses troncos, fechar os olhos e fingir de conta que ela e a árvore eram uma coisa só. Alguns minutos assim, e logo se sentia reta. Recorria à natureza como amparo emocional, por acreditar que árvores são mais confiáveis que humanos. Lembrando-se disso, teve uma pequena epifania. Talvez, com seu comportamento hippie de abraçadora de árvores, ela tivesse emitido sinais dúbios para as plantas do sítio, e as plantas se sentiram no direito de recrutá-la para a tal missão.

Ana Cristina tomou um susto ao sentir um cutucão. Arrancou os fones de ouvido e se virou para trás, num movimento brusco. Era o Pé de Maracujá cutucando seu ombro com a ponta de uma rama.

Comparado a uma margaridinha de jardim hermafrodita que gosta de poesia, um pé de maracujá florido é um troço intimidante. Ana Cristina convivia com ele havia tempos e sabia do que era capaz. Estrangulava alecrins, intrometia-se entre os galhos da goiabeira, tinha uma força descomunal e crescia numa velocidade monstruosa. Era atrevido. Havia meses vinha se alastrando em torno da horta, e de nada tinham adiantado suas tentativas de conduzi-lo em direção ao caramanchão. Durante meses os dois bateram de frente. Ana Cristina com uma ideia muito clara de como ele devia se comportar para que a horta ficasse com determinado design, e ele, rebelde, ignorando o design que só existia na imaginação dela.

— Senta, filha — disse.

Ana Cristina desabou no chão, intimidada pela voz grossa e sombria. Encarou a planta como que hipnotizada. Teve a

nítida sensação de que cada uma das flores correspondia a um glóbulo ocular. As folhas eram patas, e a rama principal, o corpo. Ana Cristina sentiu um calafrio percorrer a espinha. O Pé de Maracujá era imenso.

De canto de olho, avistou a tesoura de poda. Estava logo ali, ao alcance da mão.

— Fecha os olhos — ordenou.

Por quê?, ela respondeu em pensamento.

— Porque vai ser melhor.

Ana Cristina se levantou, pressentindo que alguma coisa muito esquisita estava prestes a acontecer. Mas ele foi mais rápido. Um par de ramas se enrodilharam em torno dos seus tornozelos e subiram pelas pernas feito duas serpentes. Ela tentou chutar, mas caiu sentada. Catou a tesoura de poda e picotou as ramas que amarravam suas pernas, mas novas ramas se desgrudaram da cerca e refizeram a amarração com mais força. A tesoura de poda foi arrancada e suas mãos foram amarradas atrás do corpo.

Me larga, gritou em pensamento, apavorada demais para falar.

— Relaxa — respondeu o Pé de Maracujá.

Você come gente?, pensou. Mas não era uma pergunta.

O Maracujá ignorou o pensamento desvairado e seguiu enclausurando Ana Cristina. Ela estrebuchou dentro das possibilidades do casulo que havia se tornado. Nesse ponto, seu corpo era um toco mumificado que se debatia. Então, gritou com todas as suas forças, clamando por socorro, com a certeza de que esse seria seu fim. Uma rama grossa e forte deu a primeira volta em torno do seu pescoço e puxou firme, tirando seu ar.

— Eu não vou te estrangular.

A escritora atirou o corpo com toda a força para trás e foi imediatamente puxada para a frente. Estava presa ao Maracujá por todas as extremidades. Apenas os olhos e a ponta do nariz continuavam descobertos. Tudo o que conseguia ver eram flores de maracujá se soltando da cerca e vindo em sua direção. Enquanto isso, as ramas comprimiram um pouco mais o restante do corpo, lacrando o casulo.

Vou virar suco de maracujá, pensou.

Anteviu o processo em detalhes. Os ossos sendo triturados, os órgãos internos esmagados até virarem gosma, tudo evoluindo para uma morte lenta, melequenta e azeda. Agora, se recriminava pela ingenuidade. Arrependeu-se por não ter corrido para São Paulo logo no primeiro contato. Pensou no marido. Imaginou a situação. Ele se explicando para a família após encontrar seu corpo esmigalhado no meio da horta, feito os mamões podres que se espatifam no chão, abertos ao meio, com papa vazando pela terra, empapuçando o canteiro de alfaces.

Pelo menos poderia dizer que foi morte natural. Em certo sentido, seria. Imaginou-o ligando para a polícia. Em seguida, achou que não seria assim. Luís seria mais respeitoso. Ele mesmo recolheria a meleca com uma enxada. Lamentou pelo marido e pelo transtorno que estava causando.

Lembrou-se de um senhor que havia morado num sítio ali pertinho e que também teve um final trágico. Era verão, e ele estava roçando a grama, determinado a concluir o serviço antes da chuva. Era um sujeito turrão, não queria deixar serviço para o dia seguinte, então ignorou a tempestade que se formava no horizonte. Seguiu trabalhando com a roçadeira ligada na tomada 220W até ser atingido por um raio. Tostou. Segundo o vizinho, ficou do tamanho de um esquilo.

No verão seguinte, encontraram seu esqueletinho, que a viúva depositou em cima da Bíblia, na estante da sala. Tinha também a história de uma mulher que costumava pescar num lago ali perto. Era um dia quente, e ela estava sozinha. Foi batendo uma sonolência e ela acabou dormindo sentada, até que tombou para a frente e caiu dentro d'água. Um senhor que pescava na outra margem viu tudinho. Nunca acharam o corpo. Vasculharam o lago todo e nada. A mulher simplesmente foi sugada para o fundo do lago. E daí tinha a história do holandês que resolveu fazer uma caminhada na mata durante um jogo de final da Copa do Mundo, o que por si só já é um comportamento inexplicável. Esse também sumiu. Nunca mais foi encontrado. Nenhum vestígio, nada.

Quem vive em sítio sabe que coisas assim acontecem o tempo todo. Pessoas somem sem explicação. É preciso tomar cuidado. Quem mora em sítio sempre deve andar com facão na cintura, bota de cano alto, um celular confiável e uma lanterna decente. Ana Cristina sabia de tudo isso e agora estava lá, arrependida até o último fio de cabelo, sentindo-se tão inverossímil quanto o homem que encolheu e depois foi parar na estante, em cima da Bíblia.

Considerando isso tudo, além da pressão cada vez maior das ramas do Maracujá, a escritora entrou em pânico. Mesmo que seu corpo tivesse virado um toco compacto, sem articulações, todo amarradinho, ela se jogava para a frente e para cima, esforçando-se para arrebentar o casulo, enquanto o Maracujá espremia o topo da sua cabeça. Uma espécie de capacete feito de sete flores pressionou seu crânio. Ela sentiu a pontinha de uma vinha penetrar seu canal auditivo e concluiu que a morte viria de dentro para fora. O pânico cresceu. Seguiu lutando, mas todo esforço foi em vão. Nunca em sua vida havia se sentido tão humilhada.

A voz ordenou que ela se acalmasse. Isso foi um pouco difícil, considerando que a voz vinha de dentro do seu ouvido.

— Isso é para o seu próprio bem — disse o Maracujá.

O que você está fazendo comigo?!, a escritora perguntou em pensamento.

— Lavagem cerebral — respondeu ele sem pudor.

Instintivamente, Ana Cristina tentou levar as mãos à cabeça, mas seus braços estavam imobilizados. Ela desperdiçou o resto das forças se sacudindo e impulsionando, até que uma moleza arrebatadora a dominou por completo, e já não pode mais combater o efeito passiflora. Caiu em sono profundo.

Algumas horas depois, ao acordar, surpreendeu-se por estar viva e solta. As ramas do Maracujá tinham voltado à cerca. A tesoura de poda continuava no mesmo lugar, junto à enxada. Também avistou o banquinho de jardinagem. Kitty Cotonete estava embolada ali, lambendo a patinha da frente. A planta monstruosa agora parecia inofensiva na sua imobilidade.

Ana Cristina sentiu-se estranha. Fleumática. Quis esticar o braço e pegar a tesoura de poda, mas as mãos não reagiram ao comando. Os braços estavam cruzados junto ao umbigo. Os joelhos junto ao queixo, em posição fetal. Quis se levantar, mas nem isso conseguiu. Seu corpo estava excessivamente pesado. Com esforço, virou os olhos para o céu. A julgar pela posição do sol, calculou que devia estar ali havia bastante tempo. De canto de olho, reparou que o outro gato, Pompom, havia se aninhado em sua barriga. Quis fazer um carinho em sua cabeça, mas, de novo, seus membros não reagiram. Estava dopada. Gradualmente, informações picotadas emergiram entre a bruma que encobria o raciocínio. O termo "lavagem cerebral", com todas as conotações, navegava feito uma canoa vazia pela confusão mental. Uma canoa perdida e de aspecto fantasmagórico que morosamente se aproximava da margem. Junto com o termo, veio o desconforto de se sentir invadida e manipulada contra a sua vontade. O incômodo por fim teve um efeito revigorante, e a escritora apoiou-se no cabo da enxada. Estava zonza. Firmou os pés no chão, encarou a planta e segurou-se em suas ramas, temendo desmaiar.

— Me ajuda. — Foi tudo o que conseguiu dizer.

O Maracujá pediu que ela se sentasse por um instante. Ele tinha algumas coisinhas a dizer. Ana Cristina se sentou com Pompom no colo. Afagou sua nuca e pediu para que ficasse ali com ela. Pompom não fez que sim nem que não, mas foi ficando. Ela se aprumou no banquinho, inspirou fundo, esticou as costas. Ela não era uma gosma. Não tinha vi-

rado suco. Ainda tinha sua dignidade. Ouviria o que a planta tinha a dizer. Sentia-se calminha, calminha...

O Maracujá foi objetivo. Explicou que a lavagem cerebral era apenas para retirar o lixo mental e prepará-la para o que viria em seguida. Recomendou que se alimentasse bem, sem exageros, e descansasse.

— Agora você está capacitada para a missão.

Ao ouvir o termo "missão", um impulso de rejeição atravessou o cérebro de Ana Cristina. O problema é que, após a lavagem, seu cérebro ainda estava empapuçado a ponto de mal conseguir reagir ao que tinha acabado de ouvir. Esse seria o momento de perguntar mais a respeito, de protestar, ou mesmo de recusar, mas não. Enquanto o Pé de Maracujá prosseguia com instruções específicas para os próximos dias, Ana Cristina se concentrou no gato em seu colo, reparando como ela mesma parecia mais felina que humana, imune ao discurso da planta, sentindo as pálpebras pesadas, alheia a qualquer coisa que não fosse ela ou Pompom. Uma decisão pouco sábia, considerando que as informações que o Maracujá lhe passava, e que ela não assimilou, seriam vitais para os próximos dias. Tinham a ver com questões de segurança e sobrevivência. Mas a escritora preferiu se entregar à leseira do efeito passiflora. Não demoraria para que arcasse com as consequências da sua própria negligência.

NOITE DE LUA CHEIA, COM CONSEQUÊNCIAS

Faltando cinco minutos para a meia-noite, Ana Cristina sentiu um treco gelado na perna. Acordou num susto. Uma pererca verdinha saiu saltitando. Depois de três pulos, virou-se com o que parecia ser um sorriso sacana na cara. Ana Cristina caiu da rede, estatelada no chão, sem entender por que estava dormindo na varanda e que horas eram e, por um breve instante, ficou desorientada quanto ao dia da semana. Em seguida, veio a lembrança do ataque do Maracujá e a overdose de passiflora. Entrou na cozinha, tomou um copo d'água. Lembrou que tinha marido e sentiu saudade. Lamentou por ele não estar ali. Olhou o celular. Nenhuma mensagem dele. Kitty Cotonete e Pompom chegaram correndo, irritados e famintos. Enquanto servia ração para eles, percebeu que havia perdido mais um dia de trabalho. Nem banho tinha tomado.

Pela janela da cozinha, viu a lua cheia e amarelada olhando de volta para ela. Estava sem sono. Voltou para a varanda. Estava de mau humor e um pouco desorientada. Sentou-se na mureta, sem saber o que fazer consigo mesma. Tomar banho? Esquentar uma sopa e recuperar o senso de normalidade? Telefonar para Luís e contar tudo o que tinha acontecido nos últimos dias? Qualquer uma dessas ideias seria preferível ao que ela resolveu fazer. Pegou uma lanterna.

Passou reto pela horta até chegar à extremidade do terreno, onde terminava o sítio e começava a mata. Não tinha noção do que estava fazendo. Se tivesse prestado atenção às instruções do Maracujá, teria ficado bem quieta dentro de casa, ciente de que em noites de lua cheia não se deve interagir com plantas. Mas lá foi ela. Tirou o chinelo, botou os pés na terra e caminhou até a maior árvore que havia no sítio, a que considerava a Árvore Mãe. Apoiou as costas contra o tronco e tombou a cabeça para trás. Alongou os braços em torno do tronco, num abraço ao contrário. Tomou coragem e disse tudo o que vinha remoendo nos últimos dias.

Começou pedindo à Árvore Mãe que a ouvisse até o fim, sem interrupções. Não teve resposta, então interpretou o silêncio como sinal de que a árvore estava ouvindo sem interrupções, conforme solicitado. Prosseguiu. Disse que já tinha entendido qual era a missão para a qual vinha sendo preparada. Considerava-se pronta e sentia-se honrada por poder participar da luta pela vida no planeta, agora de uma maneira contundente e eficaz. Agradeceu por ter sido escolhida para a missão. No ano anterior ela havia participado de algumas manifestações da Sexta-feira Pelo Futuro, assinado petições da internet, compartilhado artigos e estatísticas... mas nada disso se comparava à possibilidade de ser a porta-voz humana do reino vegetal. Como escritora, tradutora e amiga da natureza, prometeu servir à causa com lealdade e diligência. Daria o melhor de si. Terminou dizendo que tudo o que mais

queria era se engajar logo na missão, porque as conversinhas à toa estavam lhe deixando louca. Calou-se.

A árvore também permaneceu calada.

Ana Cristina desencostou do tronco e a encarou. À luz do luar, era ainda mais majestosa. A copa se espalhava pelo céu salpicado de estrelas como incontáveis dedos de uma criatura mítica. Ana Cristina não tinha dúvidas de que havia sido ouvida. Embora não recebesse resposta, não se sentiu ignorada. Olhou à sua volta e teve a sensação de que todas ali ouviram cada palavrinha que saiu do seu pensamento. Uma coruja soltou um berro agudo e passou voando bem rente. Era grande e branca. Ana Cristina interpretou aquilo como uma confirmação. Encostou a palma da mão no tronco da árvore, agradeceu e saiu andando em direção à casa.

No caminho, ouviu um assobio.

Olhou em volta e aguardou. Até que sentiu o perfume inconfundível da Dama da Noite.

— Cavaleiro Noturno. Ao seu dispor.

A voz lhe surpreendeu. Nada a ver com o timbre de desenho animado das conversas anteriores. Ana Cristina se sentiu intimidada pelo pressentimento de estar sendo observada com segundas intenções.

— Boa noite — respondeu ela, desconfiada.

— Chegue mais perto.

A noite estava quente e abafada, porém muito clara. Uma constelação de pirilampos dançava pelo jardim com suas lanterninhas verdes fosforescentes. A serenata dos sapos compunha um fundo musical agradável e convidativo. Era uma noite viva e sedutora. O perfume ficou mais forte. Ela se aproximou do arbusto e desligou a lanterna. O luar era tão poderoso que não fez diferença. No dia anterior, havia folheado o livro

As Flores do Mal, de Baudelaire. Se fosse mais esperta, teria atinado para o recadinho sobre a natureza maligna de determinadas plantas. Porém, lá estava: seduzida por um Cavaleiro Noturno.

Achou o termo bem cafona. Mas isso a impediu de se sentar aos pés dele? De modo algum. Isso a fez cair em si e perceber como estava sendo trouxa? Não. Nem um pouco. Em vez disso, optou por ignorar tudinho que sabia sobre flores tóxicas e, num louco acordo consigo mesma, deixou-se seduzir.

O Cavaleiro Noturno ficava plantado bem no limite do sítio. Era o último arbusto ornamental antes da cerca, a um passinho da mata virgem e de tudo o que isso implica.

— Por que você não se enterra aqui comigo? — perguntou ele, aproveitando que ela estava jogada aos seus pés.

— Viva? — perguntou Ana Cristina, levemente indignada.

— Sim, naturalmente — respondeu ele, como se não fosse nada demais.

— Você está sugerindo que eu me enterre viva?! — ela repetiu a pergunta absurda.

— Só até os joelhos, mais ou menos como eu. Usa aquele galho ali.

O Cavaleiro Noturno apontou para um graveto caído no chão e Ana Cristina começou a cavar. Abriu uma pequena cova, meteu os pés dentro, cobriu com terra e enterrou-se até um pouco acima dos tornozelos.

— Como está se sentindo? — perguntou ele.

— Firme.

A sensação foi de fato agradável. Remetia à lembrança de um novo par de meias soquetes no primeiro dia de aula, nos tempos do colégio. Uma sensação de novidade e esperança em relação ao futuro.

— Vou te confessar uma coisa: você me dá aflição. Vive muito solta pelo mundo, mudando de lugar o tempo todo, sem conexão com a terra. Ter raízes é fundamental. Não entendo como você consegue viver sem raízes.

Ana Cristina até pensou em dar uma explicação filosófica sobre as vantagens de se deslocar, viajar e fugir quando necessário. Poderia falar sobre a liberdade do ir e vir, mas, no fundo, seria uma explicação pretensiosa para justificar as vantagens da espécie humana em relação às demais.

— Fica comigo — sussurrou Cavaleiro Noturno no ouvido de Ana Cristina. — O que você tem a perder?

A pergunta foi acompanhada de uma lufada do perfume inebriante. Ela inspirou fundo. Suspirou. Pensando sobre sua vida, não foi capaz de encontrar um único motivo forte o bastante que a impedisse de passar o resto dos seus dias plantada ali. A lembrança do marido era somente isso, uma lembrança distante, vaga e difusa. A profissão de escritora de livros de ficção lhe pareceu muito mais uma fantasia que algo concreto. A casa era uma pilha de demandas enfadonhas e intermináveis. A sua condição de ser humano era algo que já nem lhe parecia tão incrível assim. Sua forma física, com pernas, unhas, cabelos e pés, cérebro, estômago, língua, olhos e nariz que expelia catarro, dependendo do dia... tudo isso lhe pareceu bastante grotesco. O fato de ter que comer, mastigar, digerir e evacuar depois, tudo isso para extrair energia... não lhe pareceu nada elegante. O mecanismo do seu corpo inteiro, com toda a complexidade de órgãos internos, com um esqueleto que sustentava sua pessoa, com membros articulados capazes de fazer mil coisas... Tudo isso lhe pareceu cômico, feito uma marionete desengonçada.

Imaginou-se uma vitória-régia, boiando de barriga para cima num igarapé da Amazônia, com borboletas azuis pousando em seus cabelos, sentindo as costas de um boto roçando suas mãos. Em noites de luar, como aquela, imaginou os sapinhos coloridos fazendo breves pousos em sua barriga. Nada de histeria ou susto por causa da sensação gelada dos sapinhos. Imaginou duas sucuris deslizando entre seus braços. Bailarina de dança do ventre, embalada pelo movimento fluido e constante do rio.

PARTE DOIS

O IMPÉRIO DOS GATOS

Pompom se espreguiçou na poltrona vermelha. Virou o pescoço em direção à janela e apreciou a paisagem. Pompom tinha senso estético. Era vaidoso. Não como um gato; sua vaidade ia além. Era vaidoso da própria vaidade. Pompom se achava mais gato que os outros gatos. Todas as tardes, após despertar de sua sonequinha de quatro horas, ele bocejava, satisfeito consigo mesmo. Botava as garras para fora e afiava as unhas no encosto da poltrona vermelha. Em seguida, viria a bronca de Ana Cristina, que já havia lhe explicado mil vezes que era proibido afiar unhas na poltrona. Mas Pompom não conseguia se controlar quanto a isso. A seu ver, era preferível aturar a gritaria da Ana Cristina a ter que se conter. Ele achava injusto ter que controlar qualquer tipo de instinto animal por causa de regrinhas de seres humanos.

Pompom sabia que, mesmo que levasse uma bronca, depois seria paparicado, alimentado e elogiado. Humanos dão broncas. Ele não se ofendia. Pompom se sentia amado, não importava o que fizesse. Ele nunca havia passado por uma situação de privação. Seus desejos sempre eram atendidos instantaneamente, e ele nem sequer conseguia imaginar um mundo em que seu miado não fosse lei.

Kitty Cotonete era diferente. Ela era uma assassina implacável que chegava a matar quatro passarinhos por dia. Considerava-se uma autêntica descendente dos tigres asiáticos. Escalava troncos de árvores num piscar de olhos humanos, abocanhava borboletas em pleno voo, era capaz de ficar paralisada durante o tempo que fosse apenas para dar o bote certeiro e pegar um beija-flor no ar, mesmo que seus donos vivessem ocupados demais fazendo outras coisas e perdessem a oportunidade de testemunhar seu desempenho de tigresa em corpo de gata. Kitty Cotonete não tinha medo de nada. Ela perseguia os cachorros que invadiam o sítio e os escorraçava com miados horrendos, que não deixavam dúvida quanto à sua natureza selvagem. Certa vez, Kitty Cotonete fincou as garras no pescoço de um pitbull perdido que surgiu no sítio, num domingo, quando Ana Cristina estava distraída, cozinhando e ouvindo música. O pitbull passou correndo, ganindo de dor, com Kitty Cotonete montada nele feito uma amazona. Era o tipo de gata que poderia dominar o mundo, se quisesse. O único rancor de Kitty Cotonete era quanto ao nome ridículo que Ana Cristina havia lhe dado. Sua índole era de Diana.

Correção. Kitty Cotonete tinha muitos rancores.

Ela se sentia preterida em relação a Pompom. Ele era o queridinho dos humanos. Era ele quem recebia a maior parte dos paparicos e afagos. Verdade seja dita, Pompom era o gato oficial da casa enquanto Kitty Cotonete era a outra gata.

Não passava um dia sem que os humanos tirassem uma foto com Pompom e postassem na internet. Ele bombava em likes. Era mestre em olhar para a câmera e inclinar a cabeça no ângulo exato para a melhor incidência de luz. Tinha timing para vídeos. Sabia lamber a patinha fingindo não notar o celular apontado em sua direção. Dava beijinho de nariz nos humanos. Certa vez, chegou a ficar em pé nas patas traseiras e deu vários passinhos, enquanto manteve as patas da frente estiradas para o alto, feito uma atração de circo, acompanhando o ritmo da música de fundo, para deleite dos donos. Viralizou.

Kitty Cotonete ficava passada com as habilidades sociais de Pompom e a naturalidade com que ele conquistava o coração dos humanos. Pompom simplesmente era assim, a fofura em forma de gato. Qualquer outro gato seria chamado de gordo balofo, em Pompom a gordura extra o deixava mais bonito. Enquanto outros gatos seriam chamados de preguiçosos imprestáveis, em Pompom a folga era vista pelos donos como sinal de amor. Enquanto outros gatos seriam considerados uma vergonha para a raça dos felinos, Pompom era o filhinho adorado de Ana Cristina.

O que mais irritava Kitty Cotonete era perceber que até ela mesma era apaixonada por Pompom.

Não foi fácil admitir esse amor. No começo, lhe pareceu uma coisa doentia. Ela nunca imaginou que pudesse se apaixonar por esse tipo de gato: gordo, folgado e mimado. Nem combinava com ela. Mas fato é que Kitty Cotonete amava Pompom loucamente, assim como todo mundo naquele sítio o amava loucamente. Pompom, por sua vez, aceitava todo o amor que o mundo tinha para lhe dar e desfrutava com serenidade da infinidade de paparicos e elogios. Nada disso lhe cansava. Por mais exagerado que fosse, ele sempre estava disponível para mais afagos, mais cafunés, mais comida e mais colo.

Mas, naquele dia, pela primeira vez na vida, um miado de Pompom não foi atendido. Ele estava com fome e precisava de mãos humanas para abrir a tampa da latinha de ração. Um pedido trivial, que Ana Cristina ou Luís costumavam atender sem demora. Só que, naquele dia, nenhum dos dois apareceu.

Pompom logo se deu conta de que estava sozinho em casa. Chamou por Kitty Cotonete. Rapidinho ela pulou a janela da cozinha e aterrissou em cima do fogão. Se Ana Cristina estivesse em casa, viriam berros de bronca. Mas, naquele dia, os dois estavam sozinhos em casa e se sentiam no direito de fazer tudo o que Ana Cristina proibia. Caminhar em cima do fogão, por exemplo. Então Pompom aproveitou para também pular em cima do fogão e caminhar por todos os lugares que sabia que deixariam Ana Cristina furiosa. Cheirou as frutas na fruteira, entrou na bacia da pia e lambeu o cano da torneira com uma leve esperança de conseguir uns goles de água fresquinha. Sem um par de mãos humanas, nada funcionava direito naquela cozinha. Pompom sentiu uma leve tristeza dominando seu coração. Suspirou.

Kitty Cotonete lhe perguntou sobre os humanos. Também estava com fome. Pompom respondeu que ela é quem deveria saber. Ele tinha acabado de acordar da sua sonequinha. Pompom com fome era sinônimo de mau humor, e Kitty Cotonete intuiu que ia sobrar para ela. Por isso, não pensou duas vezes. Abriu o armário da cozinha, puxando a porta que não fechava direito, e entrou. Encontrou latas de ervilha, milho, pacotes de macarrão e de outros alimentos humanos. Subiu algumas prateleiras desceu por outras e lá no fundo da última prateleira inferior, encontrou um saco fechado de ração de gato sabor salmão. Pompom mandou abrir.

Kitty Cotonete pensou em como Ana Cristina ficaria chateada ao encontrar um saco de ração rasgado. Ela não suportava gatos dentro do armário da cozinha. Kitty Cotonete considerou tudo isso antes de agir, mas Pompom mandou abrir logo e desatou a falar mal dos donos, que estavam demorando demais para voltar.

Kitty Cotonete nunca tinha visto Pompom tão irritado. Também não se lembrava de alguma vez ter tido de esperar tanto para que um dos humanos voltasse. Que eles saíssem de vez em quando, ela até conseguia aceitar. Normalmente, na volta, traziam comida para ela e Pompom, portanto não podia recriminá-los pelas ausências temporárias. O problema é que dessa vez não estava com jeito que tinham saído em busca de mantimentos. Afinal, tinham largado a casa toda aberta, e Kitty Cotonete não se lembrava de terem se despedido. Normalmente, Ana Cristina e Luís se despediam dos dois antes de sair. Até informavam a que horas voltariam. Kitty Cotonete intuiu que alguma coisa bem estranha estava acontecendo no mundo dos humanos. Talvez agora caberia a ela cuidar de Pompom. Para Kitty Cotonete, a oportunidade era mais que bem-vinda. Quem sabe assim ele percebesse como ela o amava mais que todos ali. De dentro do armário, Kitty Cotonete pediu a Pompom que esperasse um segundo. Ela ia dar um jeito.

Pompom mandou ir logo.

Kitty Cotonete fincou as garras no saco de ração sabor salmão e estraçalhou a embalagem. Era horrível o que ela estava fazendo, mas era por amor a Pompom.

Aberto o saco de ração, gritou para que ele entrasse no armário. Com dificuldade, por causa do excesso de gordura, Pompom deu um salto e juntou-se a ela. O peso da aterrissagem fez o armário tremer. Um vidro de alcachofras da prateleira acima tombou para frente e se estilhaçou no chão da cozinha. Pompom nem se importou com isso, só seguiu até o balcão do buffet self-service que Kitty Cotonete havia providenciado.

Ela ficou observando enquanto ele comia, feliz.

Kitty Cotonete ia ser escorraçada por Ana Cristina, mas o prazer de ver Pompom satisfeito já compensava.

De volta ao chão, Pompom descobriu mais um alimento humano que lhe agradava: alcachofras. Chamou Kitty Cotonete, dizendo que ela precisava provar também. Kitty Cotonete provou um pouquinho, mas não gostou tanto. Deixou que Pompom se saciasse sozinho com as alcachofras importadas. Pompom lambeu aquela água salgada e interessante, e mais uma vez se perguntou por que os humanos escondiam suas melhores comidas em vez de compartilhar tudo com ele. Pompom não entendia. Um pouco triste, saiu para dar uma voltinha, deixando o chão melequento, com pedaços de alcachofra espalhados. Depois Ana Cristina limparia tudinho, pensou.

Pompom e Kitty Cotonete passaram uma eternidade sem a companhia dos humanos, com a casa aberta, a caixinha de areia suja e sem água fresca no pote. Uma eternidade de uma semana? De dois dias? De vinte e quatro horas? De um mês? Gatos não calculam o tempo assim, mas, na opinião deles, foi um tempo inadmissível.

Seria mentira dizer que Pompom e Kitty Cotonete começavam a ficar preocupados com o sumiço dos donos. Eles só não queriam que Amarelo descobrisse que agora viviam sós.

Amarelo era um gato revoltado que vivia na região. Ele fazia visitas periódicas ao sítio e sempre era expulso à base de muita gritaria e chinelos voando em sua direção. Amarelo não tinha modos. Ele não era um gato doméstico. Não entendia a diferença entre público e privado. Não tinha noção de limites. A cada aparição do Amarelo, Pompom corria para debaixo da poltrona, enquanto Kitty Cotonete encarava a briga e saía estropiada, todas as vezes. Os dois se engalfinhavam feito dois demônios, um tentando furar os olhos do outro, com berros inacreditáveis e tufos de pelo voando pelos ares. Não era uma cena bonita de se ver.

Com Ana Cristina no estado em que se encontrava, plantada a uma distância considerável da casa, e Luís em São Paulo, não demorou para que Amarelo desse as caras.

Chegou, foi entrando pela janela da cozinha, mijou no fogão e descobriu que alcachofra era algo que lhe agradava bastante; arranhou as unhas na poltrona favorita de Luís, cagou numa almofada, quebrou um abajur só por diversão e estava se dirigindo ao quarto do casal quando Kitty Cotonete aterrissou em sua lombar.

Dessa vez, a briga foi além do que Kitty Cotonete estava acostumada. Por um instante, ela achou que seria seu fim. Sem a gritaria dos humanos, Amarelo atacava com mais fúria, e Kitty Cotonete entrou em pânico. No desespero, só pensou em Ana Cristina. A essa altura, já sabia que agora sua dona vivia num estado vegetativo, plantada ao lado de Cavaleiro Noturno. Então, num instante de vacilo do Amarelo, Kitty Cotonete zarpou para fora da casa, disparou até a cerca e voou para cima da cabeça de Ana Cristina. Fincou suas unhas no seu couro cabeludo, não por maldade, mas por conta da adrenalina da luta com Amarelo, e marcou seu território. Amarelo se atirou contra a escritora plantada, sem suspeitar de que ela continuava viva. Levou o maior susto da sua vida ao receber um safanão seguido de berros histéricos e uma paulada da qual conseguiu escapar por um triz.

PARTE TRÊS

A VIDA ÍNTIMA DOS BEIJA-FLORES

Ana Cristina sentou-se em frente ao computador com uma caneca de café forte, determinada a concluir o trabalho de tradução que deveria entregar no fim do mês: um romance sobre vampiros que descobrem a revolucionária receita do sangue sintético e passam a conviver em harmonia com os humanos. Havia chegado num ponto confortável da tradução. Tinha escolhido os equivalentes em português para os termos mais recorrentes, e agora lidava com um repertório conhecido. A parte mais complicada da pesquisa estava concluída. A escritora segurou a caneca de café entre as mãos, apreciando o aroma, quando um beija-flor entrou voando pela janela do escritório e parou em frente à tela do computador.

— Preciso falar com você — disse.

Ana Cristina não reagiu.

O beija-flor enfiou-se no vão entre a mesa e a parede, abocanhou o cabo de força do computador e o arrancou da parede com um puxão. A tela ficou preta. Ana Cristina deslizou a cadeira de rodinhas para trás até bater com as costas na porta. O beija-flor pairava no ar, encarando-a com um jeito irritado.

— Você é formada em jornalismo? — perguntou.

— Sou.

— Então tenho uma missão pra você.

A escritora continuou parada, boquiaberta e sem reação.

— Ok, preste atenção — mandou o beija-flor.

Naquele ponto, Ana Cristina sentiu que as coisas estavam acontecendo numa velocidade atordoante, sem preâmbulo ou explicação. Se aquele passarinho era responsável pela tal missão que as plantas tinham mencionado, o certo seria se apresentar direito e talvez até pedir desculpas por tudo o que ela vinha passando nos últimos dias. O certo seria perguntar se ela estava interessada na tal missão, em vez de ir invadindo seu escritório daquele jeito, dando ordens. Pensou também que ele lhe devia um pedido de desculpas, considerando tudo o que tinha acontecido após a overdose de passiflora, o estranhíssimo episódio da sedução vegetal pelo Cavaleiro Noturno e a surra que acabou levando de Amarelo. Pelo conjunto da obra, Ana Cristina se sentia violentada, ridícula e desmiolada. Também não gostou da maneira como o beija-flor arrancou o cabo do computador da parede nem do fato de estarem conversando, como se um beija-flor falante fosse uma coisa trivial. Ele a tomava por louca? Será que tinha chegado ao ponto de abdicar de explicações básicas para fenômenos sobrenaturais e estapafúrdios? E como ele sabia que ela era formada em jornalismo?

— Espera aí — disse Ana Cristina. — Não gosto da ideia de missão. Acho que você escolheu a pessoa errada.

— Esquece missão. Que tal job?

— Hã?

— Você não faz freelas?

O beija-flor saiu pela janela, voou até um hibisco, tomou um gole de néctar e voltou.

— É um trabalho de risco. Você tem que entrar como parceira.

Ana Cristina sabia o que isso queria dizer; ele não tinha dinheiro para pagar.

— Claro que não tenho dinheiro, mas você topa? — perguntou ele, lendo seus pensamentos.

— Do que se trata?

O beija-flor voou outra vez até o hibisco, tomou outro golão e voltou. Pompom e Kitty Cotonete acompanhavam seus movimentos com concentração máxima. Ana Cristina se perguntou se estariam entendendo alguma coisa da negociação.

— É um especial para o canal do Phil Green, no YouTube.

— Você conhece o Phil Green? — perguntou Ana Cristina, espantada.

— Claro que não, só pelo canal — respondeu o beija-flor num tom de quem achava a pergunta sem sentido.

— Eu nunca fiz esse tipo de trabalho.

— Por isso mesmo.

Poucas semanas antes, Ana Cristina tinha feito uma promessa a si mesma. Tinha jurado que ia parar de entrar em roubadas profissionais.

— Tenho que pensar — respondeu.

— Você tem até amanhã.

E, num piscar de olhos, saiu voando pela janela, dessa vez sem nenhuma paradinha para olhar para trás. Segundos depois, ressurgiu do nada, pairando no ar.

— Mas você vai aceitar — declarou.

De novo, zarpou, retornando um segundo depois. Acrescentou:

— Recusar seria loucura.

Ana Cristina retomou o trabalho de tradução. Conseguiu recuperar as últimas alterações feitas no arquivo, apesar da rude interferência. Fez uma pausa para o almoço e respondeu alguns e-mails de questões bem práticas da vida cotidiana de um ser humano comum. Sentiu-se ótima agindo assim. Ao final do dia, preferiu não aguar as plantas, como de costume. Também achou uma boa ideia retirar todos os vasinhos de flores de dentro da casa. Ela não queria se arriscar por bobagem.

Luís voltaria no dia seguinte, e a lembrança disso era reconfortante. À tarde, dedicou-se exclusivamente à tradução do livro dos vampiros, com Pompom no colo e Kitty Cotonete no parapeito da janela. Teve um dia normal, como pretendia. Nem pisou no jardim.

À noite, deitou-se no sofá e se permitiu ao menos considerar a proposta do job.

Depois que terminou a faculdade de jornalismo, Ana Cristina passou dois anos trabalhando num jornal. Foi horrível. Teve dificuldade para lidar com fatos reais, conferir informações e levar as pessoas a sério. Todos pareciam distorcer a realidade o tempo inteiro, políticos, assessores de imprensa, agentes, empresários. Entre o exaustivo processo de tentar alcançar uma verdade minimamente consistente e escrever ficção, preferiu se aventurar na segunda opção.

Assim começou o sonho de virar escritora. Um sonho

diretamente relacionado ao desejo de morar num sítio, na companhia de plantas e passarinhos. A ideia era se recolher num ambiente tranquilo, onde pudesse trabalhar na criação de histórias. Nunca tinha lhe ocorrido, pelo menos até aquela noite, que, retirando-se para um sítio, estaria se colocando à disposição para que os passarinhos da região se sentissem no direito de recorrer aos seus serviços.

Foi preciso muita coragem para que Ana Cristina largasse o jornalismo e começasse a escrever livros. No começo, o dinheiro para as contas mensais vinha de matérias que escreveu para os mais diversos tipos de revistas. Desde perfis de poodles para a *Cães* até cobertura de eventos gastronômicos, como o Festival do Camarão de Ilhabela. Agora se perguntava se tudo isso de alguma maneira havia sido levado em consideração pelo beija-flor. Talvez ele não estivesse a par da sua decisão de não fazer mais esse tipo de trabalho.

Entrou no canal do Phil Green no YouTube. Além dos vídeos que ensinavam a conversar com plantas, encontrou uma série de reportagens com temas como "A silenciosa conspiração das abelhas africanas contra o uso dos agrotóxicos", "Mutações propositais entre fungos e seu impacto no DNA humano", "A inversão do fluxo planetário das águas após 2012". Assistiu a alguns. Eram reportagens enviadas por pessoas de toda parte, com duração de no máximo dez minutos, com estilos bem variados e nenhuma preocupação com embasamento científico. Lendo os comentários, surpreendeu-se ao ver como o público do canal era receptível, por mais estapafúrdias que fossem as reportagens.

Ana Cristina pegou um bloquinho de notas e riscou uma página ao meio. De um lado, escreveu "Prós"; do outro, "Contras". PRÓS

Nunca fiz nada parecido.

É uma espécie de caridade.

Se ele chamar outra pessoa para fazer a reportagem e for um sucesso, vou me sentir uma trouxa.

CONTRAS

Ele não tem dinheiro para me pagar.

Ele parece ser ansioso, exigente e cricri.

Ele pode detestar a reportagem e pedir para eu refazer mil vezes.

Ele vai me achar lenta para os padrões dele.

Tenho medo de recusar e sofrer retaliações.

Se eu recusar, ele vai furar meus olhos.

Se eu recusar, o Pé de Maracujá vai me estrangular na primeira oportunidade.

PROFISSIONALISMO ZERO (DE AMBAS AS PARTES)

Ana Cristina estendeu uma canga em frente ao abacateiro, ligou o laptop e ficou trabalhando ao ar livre, revisando a tradução dos vampiros enquanto aguardava a chegada do beija-flor. Não havia marcado horário nem combinado um jeito de entrar em contato com ele, e sentia-se um pouco desleixada nesse sentido.

Também a incomodava o fato de não terem assinado um contrato de prestação de serviço. Ana Cristina intuía que aquela seria uma relação de trabalho superdelicada. Se ele fosse da sua espécie, já estaria com o contrato em mãos. Ela tinha um modelinho pronto no computador. Por ele ser um passarinho, ficou constrangida em falar em contrato. Agora lhe ocorria que justamente por ele ser de outra espécie, um contrato era imprescindível.

— Pronta pra começar? — perguntou o beija-flor, materializando-se ao seu lado, do nada, quase matando-a do coração.

Ana Cristina pediu que ele pousasse num galho para que pudessem acertar os detalhes primeiro. A maneira como ele se mantinha parado no ar, batendo as asas numa velocidade frenética, a deixava tensa. O beija-flor recolheu as asas e deu uns pulinhos pelo galho do abacateiro, coçando as costas com a ponta do bico, com jeito de quem não tem tempo a perder. Ana Cristina achou por bem explicar alguns pormenores do trabalho.

— Mesmo que eu faça a reportagem, você entende que não tenho como garantir que o Phil Green vá colocá-la no canal, né?

O beija-flor enfiou uma semente dentro da boca da escritora.

— Tó, engole isso.

Ela tentou cuspir de tudo quanto era jeito, mas a semente se dissolveu numa gosma pegajosa com gosto de coisa estragada. Seus olhos se encheram de lágrimas. Ana Cristina se contorceu e enfiou o dedo na boca, crente de que estava sendo envenenada, quando o beija-flor fincou a ponta do bico contra sua testa e pressionou. Rapidinho, ela engoliu a gosma, temendo levar um tiro, mesmo que isso não fizesse nenhum sentido. Em seguida, ficou zonza, fraca e enjoada. Seu corpo tremia.

Quis gritar por socorro, mas a voz não saiu. Sua visão escureceu. Teve uma queda de pressão e achou que fosse desmaiar. Tentou se apoiar no tronco do abacateiro. Esticou o braço e apalpou o ar, mas o abacateiro tinha sumido. Ana Cristina esticou o braço um pouco mais. Estava cega e não encontrava a árvore que sabia que deveria estar bem ali. Ficou histérica. Um abacateiro não podia evaporar assim, do nada.

Em seguida, caiu.

E logo percebeu que tinha algo anormal na queda. Ela caía para cima. Na verdade, estava subindo. Tomada pelo pavor, não entendeu que seu corpo é que havia encolhido. Os pés subiram na direção do pescoço. Ana Cristina concluiu que estava morrendo. Testemunhou o sumiço do próprio corpo. Berrou, mas isso resultou num segundo susto, pois seu berro não soou como berro. Era um pio.

— Tchan-nan! — cantarolou o beija-flor, de asas abertas. Agora eles eram do mesmo tamanho.

O beija-flor deu um sorrisinho maroto e uma piscadela, como quem pergunta: "Legal, né?". Ana Cristina achou esquisitíssimo conseguir ler expressões faciais no rosto de um passarinho, mas então viu o bico inferior do beija-flor fazendo uma leve curvinha para cima.

A penugem na cabeça, que antes lhe parecia verde, agora era composta por uma espécie de renda multicolorida com diversos tons de roxo, azul, púrpura, azul-turquesa e verde. Era como se sua imagem estivesse ampliada por uma lente poderosa, dessas de cinema 3D.

— Só não pare de bater as asas — disse ele.

Ana Cristina virou a cabeça e reparou nas duas asas vibrantes que tinham aderido ao seu tronco, substituindo os braços. Não sentiu as pernas. Na grama, avistou um montinho de tecido em cima da canga: o vestido que estava usando. Foi bem difícil assimilar o que, em algum grau da sua consciência, já era bastante óbvio.

O beija-flor fez uma manobra no ar e rodopiou em torno da escritora alada. Deu um peteleco em suas costas, para tirá-la daquele estado de choque. Ele não entendia o motivo de tanto assombro. Aconselhou-a a bater as asas com mais vigor. Ana Cristina obedeceu, só não conseguia parar de olhar para baixo. Sentiu vertigem e desesperou-se, mas bateu as asas com toda força e saiu voando para o alto, quando sua vontade real era descer até o montinho de roupas. Assustada, acelerou ainda mais, tombou o corpo para a frente e disparou mata adentro, voando numa velocidade alucinante que não conseguiu controlar.

— Aonde você vai? — Ouviu o beija-flor gritando ao longe. Muito ao longe mesmo. Tinha-o deixado para trás.

A adrenalina do voo fez com que seus pensamentos ficassem mais ágeis e focados. Os demais movimentos vieram instintivamente. Alinhou o corpo, encontrou o ritmo correto da bateção de asas, manteve o olhar na linha do horizonte e se concentrou no caminho. Embora o cérebro tivesse encolhido radicalmente (a essa altura não devia ser muito maior que um grão de milho), alguns pensamentos pretensiosos ainda pipocavam em sua cabeça, como achar que seu treinamento de nove anos em balé clássico, quando criança, fosse de alguma maneira um facilitador para a arte de voar. Também se sentiu elegante e ousada. Passou rente à haste de uma bromélia grudada ao tronco de um ipê, apenas para testar a nova noção espacial. Considerou-a excelente. Começava a se empolgar com a destreza aérea quando o beija-flor cortou na sua frente e ordenou que estacionasse imediatamente. O tom de voz não estava nada amigável. A escritora obedeceu. Pousou ao lado do beija-flor e dobrou as asas atrás das costas, como se tivesse feito isso a vida toda. Ficou orgulhosa do rápido poder de adaptação. Curvou os pés para dentro, formando um ganchinho em torno do galho no qual estava empoleirada. Um gesto mínimo que lhe deu a estabilidade de que

necessitava, mesmo a mais de dez metros do chão, sem rede de proteção e — para a sua surpresa — sentindo-se no controle da situação.

— Como está se sentindo? — perguntou ele, encarando-a de canto de olho.

Ana Cristina se sentia como que com vinte anos a menos. Mas preferiu ser contida na resposta.

— Muito bem, obrigada.

Se começasse a dizer tudo o que estava sentindo, poderia assustá-lo.

Ele então pediu que ela prestasse muita atenção porque iria lhe passar as instruções do job. Seria uma reportagem ao estilo "As casas mais maravilhosas do mundo" e serviria como uma homenagem ao talento e criatividade da sua esposa, a responsável pelo design inovador do ninho do casal. Ana Cristina teria a oportunidade de visitar o local, e a filmagem seria feita por celular. Terminou dizendo que a esposa já estava de acordo.

— E, embora você não tenha perguntado, meu nome é Chlorostilbon Lucidus. Pode me chamar de Lucidus, se preferir. Ou chefe.

Ana Cristina pediu um minutinho para processar tudo aquilo. No dia anterior, quando Lucidus lhe ofereceu o job, as circunstâncias eram outras. Poderíamos dizer que *ela* era outra. Agora, essa nova versão da escritora tinha outros desejos. E perder tempo fazendo uma reportagem para um canal no YouTube não era um deles. Por isso ela fez algo que jamais havia feito durante uma reunião de trabalho: deixou o chefe falando sozinho e saiu voando. Estava tão deslumbrada com as novas habilidades anatômicas que se achou no direito de zarpar mata adentro sem explicação. Simplesmente bateu asas e foi. Desejo, por sinal, que cultivava havia anos. A diferença é que agora ela podia.

— Aonde você vai?! — Ouviu o chefe gritando, furioso.

De repente, teve a sensação de que todos os seus problemas estavam resolvidos. Nunca mais teria de trabalhar. Dali em diante, levaria a vida que sempre havia sonhado,

livre de qualquer obrigação, de compromissos, de prazos, agendas e contratos. Não teria contas para pagar. Não teria horário, casa, roupa para lavar, mensagens para responder, textos para traduzir, plantas para aguar, gatos para alimentar, comidas para cozinhar ou marido para questioná-la. Seria livre como um passarinho. A partir de agora poderia usar a expressão "livre como um passarinho" sem que soasse como um clichê.

Ouviu lá longe, bem longe, o chamado insistente do tal de Lucidus berrando seu ex-nome, e deu de ombros (embora nem isso tivesse mais), voando mais ligeiro. O chefe a perseguiu, ameaçando retirar a oferta e contratar outra pessoa. Ana Cristina sentiu-se coagida? Nem um pouco. O chefe a xingou de doida varrida e inconsequente. Ela sentiu alguma espécie de culpa? Nada. Nem um pingo de culpa.

Adeus, ética profissional e contrato de prestação de serviço. Ana Cristina só queria voar e ser feliz. Era bom demais voar naquela velocidade alucinante com absoluto domínio do corpo. Nada mais a prendia, nem mesmo a força da gravidade. Em sua cabeça minúscula e atordoada, acreditou estar quebrando as leis da física e da existência humana, uma sensação tão poderosa que se esqueceu da questão do combustível. Esqueceu de tudo. Só voltou a si quando bateu uma vertigem. Estacionou no primeiro galho que apareceu na frente e perdeu a visão. Uma cortina de veludo preto com uma chuva de bolinhas brancas foi tudo o que viu. Piscou os olhos, mas as bolinhas continuaram chovendo. Lembrou-se da instrução de bater as asas, mas não teve energia para isso. Perdeu o equilíbrio e se estatelou de cara no chão.

O pior foi descobrir que não tinha noção de onde estava. Pelada, toda machucada, arranhada, dolorida, no meio do mato. Caiu no choro, depois saiu andando com passinhos apertados, encolhida, cobrindo o corpo nu com as mãos.

Encontrou uma pequena trilha, o que foi bom e ruim. Bom porque dava uma direção, ruim porque significava que pessoas passavam por ali e podiam encontrá-la naquele estado. Rezou. Só precisava chegar viva em casa, inteira e o mais rápido possível. Reparou na mata à volta e não reconheceu as árvores. Pareciam todas iguais. Não tinha referência. Considerou pedir ajuda às plantas, mas mal teve coragem de tocar nos galhos. Quando deu por si, estava tampando as orelhas com as mãos, correndo, chorando e prometendo a si mesma que nunca mais confiaria em ninguém que não fosse mamífero.

Quando avistou a cerca no fundo do sítio, o choro veio aos borbotões. Estava tão apavorada que se agarrou a ela sem atinar para o arame farpado. Rasgou a palma da mão esquerda.

O laptop continuava no mesmo lugar. Ao lado, o vestido e os chinelos.

Com a mão ensanguentada, vestiu-se de qualquer jeito, meteu o laptop debaixo do braço e correu para dentro de casa. Foi direto para o chuveiro, de onde achou que não sairia nunca mais. Trêmula, vestiu-se com dificuldade. Revirou o armarinho de remédios, ainda com os nervos à flor da pele. Parecia que até as coisas mais simples estavam fugindo do controle. Tomou um anti-inflamatório. O corte na mão era fundo e largo, e o correto seria ir ao posto médico. No desespero de voltar à normalidade, derrubou o armarinho de remédios, que desgrudou da parede, bateu na quina da pia e caiu dentro da privada, fazendo um estardalhaço. Foi quando ela ouviu batidas na porta. Assustou-se tanto que tropeçou no tapetinho, escorregou no molhado e caiu debaixo do chuveiro.

— Mulher?! Está tudo bem.

Luís abriu a porta do banheiro.

ESTRATÉGIAS DE ATRAÇÃO

Na saída do pronto-socorro, Ana Cristina apoiou a cabeça no ombro do marido e agradeceu por ele ter salvado a sua vida. Pessoas feridas, doentes e macambúzias passaram por eles, algumas com bebês no colo, outras de muleta, uma pressionando uma toalha contra o ouvido, abrindo caminho com os cotovelos. Ana Cristina sugeriu que fossem tomar um sorvete.

Havia levado treze pontos na mão. Não doía, mas o prejuízo era considerável. Teve que botar uma tala que impedia o movimento dos dedos. Pediu cobertura extra de calda quente de chocolate com cookies. Ao menos tinha conseguido parar de chorar. Um choro compulsivo, menos pelo corte e mais pelo vexame. Durante a espera para o atendimento, fez uma primeira tentativa de explicar ao marido o que havia acontecido. Falou em "ingestão de alimento estragado", "estresse por conta de um trabalho diferente dos anteriores" e "falhas de comunicação" com o novo chefe. Luís pareceu não acreditar, mas respeitou, confiando que, no momento certo, ela compartilharia o que realmente tinha acontecido.

Os treze pontos foram acompanhados de uma vacina antitetânica bem doída e um calmante. Chegando em casa, Ana Cristina deitou-se e dormiu por doze horas sem se mexer. Luís notou a pia cheia de louça suja, a bagunça no banheiro e o comportamento de Pompom e Kitty Cotonete, que, além de esfomeados, estavam excessivamente carentes. Percebeu também que havia algo faltando na casa, embora não conseguisse dizer o que, num primeiro momento. Era como se a casa estivesse mais vazia, menos aconchegante. Somente à noite, quando foi trancar a porta da frente, entendeu o que era. Todos os vasinhos de flor tinham sumido. As violetas do vitrô da cozinha, o arranjo de flor na mesa de jantar, a avenca do canto da sala e o antúrio que ficava ao lado da porta. Estranhou mais ainda a tesoura de poda que encontrou debaixo do travesseiro.

Ana Cristina encontrou o banheiro na mais perfeita ordem, inclusive com o armarinho de remédios pregado de volta na parede. A máquina de lavar estava ligada e havia o delicioso perfume de pão no forno. A casa tinha voltado a funcionar. Ana Cristina estava tão ansiosa por retornar à normalidade que um armarinho de remédios pregado à parede e o chiado da máquina de lavar foram o suficiente para que ela juntasse coragem e contasse ao marido a verdade toda.

Não omitiu nadinha.

Kitty Cotonete, acomodada no colo de Luís, complementou o relato com miados incisivos, como que implorando a Luís que tomasse uma providência em relação às coisas que

Ana Cristina estava narrando. Luís ouviu a esposa e acariciou as orelhas da gata, sem atinar para a relação entre as duas coisas. Em determinado momento, Kitty Cotonete soltou um perfeito "é", bem na parte em que Ana Cristina falava do estrangulamento pelas vinhas do maracujá.

— É o quê? — Luís perguntou a Kitty.

— É — repetiu ela.

Luis coçou a barriga da gata e se voltou para a companheira, com um sinal de cabeça, indicando que ela podia prosseguir. Ana Cristina prosseguiu já bem ciente do seu equívoco. Era evidente que ele não estava acreditando em uma palavra.

— Enfim, daí eu tive uma espécie de overdose de passiflora e acabei tendo mais um encontro com o Cavaleiro Noturno, que é como uma Dama da Noite, e daí um beija-flor enfiou uma semente na minha boca e eu virei um passarinho também. Pronto. Não precisamos falar mais sobre isso. Eu só achava que era melhor contar.

— É — confirmou Kitty Cotonete.

Ana Cristina passou os dias seguintes se recriminando. Havia se comportado feito uma desmiolada e agora pagava o preço, teclando com uma mão só, num processo lento e cansativo. A cada cinco minutos olhava pela janela, na expectativa de que Lucidus voltasse. Ela precisava obter provas. Essa era a única maneira de fazer com que Luís acreditasse nela. Tinha sido ingênua, dizendo a verdade ao marido.

Passou parte dos dias trabalhando ao pé do abacateiro, com o laptop no colo, pronta para um novo contato. Mas o beija-flor não apareceu, e ela logo concluiu que, além de ter perdido a grande oportunidade profissional da vida, havia maculado o relacionamento com o marido.

Tentou se aconselhar com as marias-sem-vergonha. Sentou-se à frente do canteiro e lhes contou tudo o que estava sentindo, o remorso, o vexame por ter decepcionado o chefe... Da parte das marias-sem-vergonha, nem uma palavra. Nenhum comentário, nenhuma reação. A escritora fez o mesmo com Rapazinho Vulgar, que também a ignorou. Apelou ao Maracujá, que se fingiu de surdo. Nas primeiras horas da madrugada, depois que o marido caiu em sono profundo, tentou uma comunicação com o Cavaleiro Noturno. Disse a ele tudo aquilo que gostaria de dizer ao chefe, na esperança de que o recado fosse transmitido. A reação foi nula. Nem uma palavra. Nem mesmo quando a escritora abriu uma cova e se enterrou até os joelhos, ficando plantada juntinho dele até as cinco da manhã, intercalando momentos de muito constrangimento com relances de esperança.

Voltou então ao canal do Phil e viu mais alguns vídeos. Ele sempre martelava na questão dos tempos distintos das plantas em relação aos humanos. Ana Cristina entendeu que teria que ter muita paciência e persistência. Aproveitou o tempo de espera para elaborar um contrato de prestação de serviços. De novo, compreendeu como havia sido ingênua ao supor que os termos negociados com pessoas da sua espécie se aplicariam ao job em questão. Converteu o texto para uma fonte bem miudinha, não por maldade, mas para que fosse possível dobrar a meia-folha sulfite num quadradinho de 2 por 2 centímetros que pudesse ser transportado sem dificuldade.

Prosseguiu com inúmeras tentativas em diferentes horários do dia e da noite, falando baixinho e sussurrando alto, gesticulando, implorando, prometendo coisas como húmus de minhoca, esterco curtido de galinha e fibra de coco, além de podas regulares seguindo direitinho o calendário lunar e tudo o mais que plantas adoram e que, na prática, ela não fazia direito. Colocou Mozart para elas ouvirem.

Não demorou para que a paciência e persistência dessem lugar a uma revolta saudável que logo inspirou uma abordagem mais prática. Ela estava lidando com um passarinho. Passarinhos podem ser capturados. Por mais articulado e ousado que Chlorostilbon Lucidus fosse, não deixava de ser passarinho. Ana Cristina montou a arapuca. Entrou no canal do Phil e lhe escreveu uma mensagem, explicando que tinha uma ideia para uma reportagem como ele nunca havia visto. O único probleminha era que sua primeira opção de entrevistados, um casal de beija-flores, havia desistido da combinação. Ela precisava saber se ele poderia lhe enviar algumas sementes especiais para que ela entrasse em contato com outro casal de passarinhos da região e desse prosseguimento ao trabalho. Antes que pudesse clicar "enviar", um jato de cocô amarelo emporcalhou o monitor. Lucidus estava de volta!

PLANO DE TRABALHO

— **Abre a boca** — pediu.

Ana Cristina sentiu o mesmo gosto de coisa estragada e pegajosa, só que dessa vez se controlou e não fez careta. Meio segundo depois, as pernas encolheram, os braços se avolumaram e o nariz virou um bico afiado, enquanto, por dentro, ela vibrou com o coração disparado, batendo as asas numa velocidade estupenda. As roupas se amontoaram no assento da cadeira do escritório. O beija-flor deu um coice no ar, virou a cabeça em sua direção, tombou o pescoço no típico sinal de "vem comigo" e zarpou. A escritora pegou o contrato, que já estava ao lado do computador, prontinho, e o seguiu. A mão rasgada não foi um empecilho, uma vez que não existia mais.

Sobrevoaram a cachoeira onde ela e Luís costumavam fazer piquenique em dias quentes. Vista de cima, achou-a ainda mais bonita. Cruzaram com uma revoada de borboletas brancas tão graciosas que por pouco não perdeu a concentração. Sentiu vontade de segui-las, mas se conteve. Na sequência, avistou uma família de bugios e gritou para o chefe. Queria que ele visse também. Eram oito macacos grandes e estavam ali, bem pertinho do sítio! Ficou eufórica com a visão, mas o chefe não se abalou. Ana Cristina entendeu que, para ele, encontro com macacos devia ser a coisa mais banal. Alguns moradores da região juravam que, além de macacos, também havia onças ali. Lucidus decerto já teria visto a tal onça. Voando atrás do chefe, Ana Cristina se questionou sobre o medo que simplesmente não sentia, mesmo tendo recordação total do episódio anterior, com o final patético no pronto-socorro. Sentia-se confiante. Tinha consciência do perigo, mas o medo não passava de um pensamento. Não se convertia em sensação. Talvez, lucidez fosse isso. Para ela, a possibilidade de reconhecer a função do medo e deixá-lo

guardado numa gavetinha, para não atrapalhar, era uma habilidade inédita. Desejou poder levar essa habilidade para o dia a dia, quando retornasse ao seu outro corpo.

Chegaram numa imensa araucária com galhos que começavam rente ao chão e formavam uma copa bem fechada. A folhagem era verde-escura, criando uma atmosfera sombria e elegante.

— Espera aqui.

Ana Cristina se empoleirou num galho não muito alto e aguardou. Estava gostando daquele estilo seco e direto do chefe. Assim ela não corria o risco de devanear demais e se perder em fantasias. Agora compreendia que estava, sim, numa missão, e quanto antes aceitasse a responsabilidade assumida, melhor.

— Essa é a Amazilia Láctea, minha companheira — anunciou Lucidus, pairando no ar.

Fez um movimento grandioso com a asa e uma beija-flor pousou ao lado da escritora, com um sorrisinho simpático na cara. Era um pouco maior que ele, mais rechonchuda. A penugem também era diferente, com tons de azul-escuro, uma faixa branca no meio do peito e as costas acinzentadas. Grisalhas? Era mais discreta que o marido.

— Posso te dar um abraço? — perguntou Amazilia, para espanto da escritora.

E antes que ela pudesse responder que sim, a beija-flor a envolveu com suas asas e pressionou a cabeça contra a sua, num aconchego tão gostoso que Ana Cristina temeu despencar da árvore.

— Desculpa, eu estou tão ansiosa e feliz por você ter aceitado. Namastê, namastê e namastê! Você não sabe como isso é especial para nós. Estamos muito felizes, mesmo. Você é uma querida, sabia? Posso te dar outro abraço?

Escritora e beija-flor abraçaram-se novamente.

— Não liga pro Lucidus, não. Ele tem esse jeito, mas no fundo ele é um fofo. Né, amor?

O marido não respondeu.

— E o que é esse papelzinho aí? Mostra pra gente. Olha, amor, ela já trouxe um texto! Não disse que ela era confiável?

— É o contrato de prestação de serviço — disse Ana Cristina, um pouco sem graça.

Amazilia abanou a asa num gesto de "esquece isso", mas Lucidus tomou o papel e o desdobrou. Leu, releu e balançou a cabeça. Entregou o papel para a companheira, que recusou.

— Imagina, eu confio nela. Pode assinar sem ler. — Então, virando-se para Ana Cristina, sussurrou: — Eu sei que você é supercorreta com essas coisas. Ai, flor, que emoção. Nós vamos trabalhar juntas! Nem acredito.

Amazilia deu uns pulinhos enquanto Lucidus releu o contrato, agora em voz alta.

— Certo — disse.

Levantou voo e retornou segundos depois com um punhado de sementinhas de urucum no bico. Entregou uma para a companheira e uma para Ana Cristina. Amazilia fez um bochecho e cuspiu no papel, selando o acordo.

— Agora você — disse Lucidus.

Ana Cristina hesitou.

— Qual o problema, flor? — perguntou Amazilia, com uma expressão preocupada.

— Bem, dona Amazilia, eu fico comovida com a sua confiança em mim, mas eu realmente gostaria que vocês comentassem a cláusula dois. Pra mim é importante. Eu quero saber se vocês terão condições de cumprir essa parte do acordo.

— Primeiríssima coisa, esquece "dona Amazilia". Pode me chamar de Zizila. Cláusula dois... vejamos...

Zizila estreitou os olhos e leu a cláusula em questão.

— Claro, claro, claro! Imagina, flor. Vamos cuidar disso sim. Você precisa provar para Luís que não está louca. Eu entendo. Como entendo! Deixa o assunto Luís com a gente. Conhecemos ele de outros carnavais. Cético demais, Jesus! Mas vamos assinar logo o contratinho que temos muito serviço pela frente.

Ana Cristina fez o bochecho de urucum e cuspiu sua assinatura ao lado da de Zizila, certa de que as duas fariam uma bela dupla. Impossível não gostar daquela beija-flor tagarela e amorosa. Lucidus assinou por último. Dobrou o papel e o guardou entre as asas. Disse que faria uma cópia e deixaria no teclado da escritora, mais tarde.

— Perfeito! — comemorou Zizila. — E aí? Como vamos fazer? O que você imaginou? Alguma dúvida? Algum material especial de que você vai precisar? Quer tomar um energético antes? Tem um hibisco aqui pertinho que é uma loucura. Dá o maior gás. Quer montar um roteirinho primeiro?

Havia, sim, uma questão que Ana Cristina gostaria de discutir antes de iniciarem. Era um assunto delicado, e ela não queria magoar o casal ou passar a impressão de que duvidava do talento de Zizila.

— Desembucha, flor! Eu sei que você está querendo perguntar alguma coisa. Pode falar.

Então, Ana Cristina explicou que, se a ideia era fazer uma reportagem aos moldes de "As casas mais maravilhosas do mundo", o ninho teria que ter algo de espetacular, original, superinovador. Não bastava ser um ninho bonito e bem-construído. O barato das casas selecionadas para o programa era o fator inusitado.

Zizila deu uma risadinha afetada e interrompeu a escritora no meio da explicação.

— Florzinha, acredite, você não vai se decepcionar. Ah, sim, e aproveitando o gancho, eu sei que você costuma ser bem discreta na sua vida pessoal e não gosta de expor sua intimidade. Quase nunca posta fotos da sua casa nas redes sociais e não mostra nada muito pessoal. Você ainda tem essa coisa antiga de zelar pela sua privacidade. Sim, sim. Nós sabemos de tudo isso. Nós sabemos tudinho sobre você. Mas nós não temos problema com exposição da vida privada. Imagina! Quer dizer, Lucidus até que teve algumas ressalvas, mas eu não. Eu sou leonina. Ascendente em Sagitário. Lua em Câncer. Então, imagina, né? E aí? Preparada para passar vinte e quatro horas no nosso ninho?

Ana Cristina fez alguns cálculos rápidos. Não poderia sumir por vinte e quatro horas. Teria que dar alguma explicação a Luís. Poderia dizer que iria para São Paulo, por conta de uma reunião que surgiu de repente e voltaria no dia seguinte. Teria que fazer uma malinha, para disfarçar. E teria que sair de carro. Podia estacionar num atalho da estrada de terra mesmo, não muito longe do sítio. No dia seguinte, voltaria em forma humana. Uma estratégia tipo Clark Kent. Tinha visto os filmes, sabia como fazer.

Como que lendo seus pensamentos, Zizila antecipou que ela não teria que se preocupar com nada disso.

— Lucidus já pensou em tudo. Você só não pode se esquecer de carregar a bateria do celular. Combinado? Ai, estou tão empolgada! Nos vemos já já, então.

Ana Cristina tinha várias perguntas, mas a única que teve tempo de fazer, foi:

— Quando a gente começa?

Zizila levantou voo, fez uma pirueta e repetiu: "já já", para desaparecer em seguida.

Empoleirada no galho da araucária, Ana Cristina repassou as instruções. Eram vagas e confusas, mas dessa vez não colocaria nada a perder. Precisava voltar para casa e carregar o celular. Antes, tinha que reabastecer. Imitando Zizila, levantou voo e parou na bromélia em flor da árvore da frente. O sabor era indescritível. Até meio viciante. Tomou um segundo gole, para não correr perigo, deu uma pirueta e embicou em direção à casa. No caminho, sobrevoando a horta, avistou Luís aguando as hortaliças. Atravessou o jato de água, como tantas vezes tinha visto beija-flores fazendo antes, nos dias em que ela aguava a horta. Só por diversão, parou em pleno ar bem na cara do marido. Ele tomou um susto. Ela fez outra pirueta divertida e atravessou de novo o jato do esguicho. O senhor Maracujá, todo folgadão, estirado na cerca, exalou um perfume inebriante e Ana Cristina o encarou, curiosa. Agora ele não conseguiria pegá-la nem se quisesse. Ela era mais veloz que qualquer criatura do sítio. Aproximou-se das suas flores estrambóticas e tomou um golinho, por puro atrevimento. Achou azedo e cuspiu. Pronto, já tinha dispersado demais. Retomou o rumo, em direção ao escritório. Estava quase lá quando sentiu uma moleza estranha, uma espécie de sonolência, e se embrenhou na copa da cerejeira. No mesmo momento, soube que o maracujá não tinha sido uma boa ideia. Seus braços e pernas confirmaram o equívoco. Ela se agarrou aos troncos da árvore, tentando de todo jeito evitar se machucar, mas seu corpanzil humano era mais do que a cerejeira podia aguentar. Estatelou-se no chão, pelada, e por um triz não derrubou o marido junto.

VISITA AO NINHO

Luís queria conversar.

Dessa vez, Ana Cristina sabia que não teria escapatória, então concordou, sem protestar, sem se justificar. Precisava apenas se vestir primeiro. Nessas, aproveitou e colocou o celular para carregar. Também deixou um bilhete num arquivo de Word para Lucidus e Zizila. Eles haviam prometido ajudar com a questão Luís, e o momento para isso era aquele.

Os arranhões foram leves, nada grave. Arrancou uns gravetos que ficaram presos nos cabelos e foi ao encontro do marido, espremendo os miolos para encontrar uma explicação minimamente razoável para o incidente da cerejeira. Sentou-se na varanda e ofereceu um copo d'água ao companheiro. Tinha uma boa ideia de por onde começar, mas Luís foi mais rápido.

— Obviamente, você está querendo chamar atenção — disse.

A conversa não tinha começado bem. Ana Cristina suspirou. Na verdade, a única coisa em que ela realmente pensava era o "já já", que poderia ser naquele exato instante.

— A boa notícia é que, se você tiver um pouquinho de paciência, tudo isso vai fazer sentido muito em breve — disse.

— Eu prefiro que seja agora mesmo — retrucou Luís e continuou dizendo que sua paciência já havia se esgotado e que ele não estava achando a mínima graça no comportamento dela. Mais que isso, ele achava que ela precisava de ajuda profissional.

Do escritório, veio a musiquinha de chamada no celular. Ana Cristina pediu licença. Explicou que precisava atender e já voltava. Luís respondeu que não, preferia que ela não atendesse e se concentrasse na conversa, acrescentando mais algumas observações que não precisamos reproduzir aqui. Basta dizer que as observações pegaram bem na ferida da escritora, naquele ponto sensível que apenas pessoas que nos conhecem muito bem conseguem acessar. Ela ignorou o marido e correu para o escritório, para atender. Chlorostilbon Lucidus nem sequer pediu que ela abrisse a boca. Meteu a sementinha gosmenta goela abaixo e, segundos depois, ela zarpava pela janela do escritório, acompanhada de Zizila. Parou no ar e pediu ajuda à sua nova amiga. Contou da braveza do marido, que continuava sentado na varanda, com jeito impaciente. Aos seus pés, Kitty Cotonete encarava a dupla de beija-flores pairando no ar.

Zizila assentiu. Ela estava a par de tudo e se desculpou, mas garantiu que providências seriam tomadas. Ana Cristina sentiu um aperto no coração. Preferiu não ficar para ver quando Luís se levantou e entrou na casa, chamando seu nome.

— Agora vamos! — disse Zizila, lhe dando um empurrãozinho.

No caminho para o ninho, Zizila sugeriu que passassem numa plantinha providencial para a ocasião. Deram uma guinada em direção ao sítio vizinho e voaram até a porteira. De longe, Ana Cristina sentiu o perfume da trepadeira em flor.

— Pra foco e concentração, não tem coisa melhor — explicou Zizila.

As duas se serviram e, mais uma vez, a escritora lamentou não conseguir traduzir o sabor divino em termos humanos. Com muito esforço, poderia comparar com um manjar de coco, mas, mesmo assim, seria uma descrição bem aproximada.

— E agora, querida? Como se sente? — perguntou Zizila.

— Cem por cento pronta — respondeu a escritora, focada e energizada.

De fato, já nem se lembrava de algum dia ter tido um marido.

Chegando à velha araucária do dia anterior, as duas encontraram Lucidus, que já estava a postos. Ao seu lado, um corvo segurava um celular no bico.

— Esse é Edgar. Ele será seu câmera-man. Ou corvo--man — informou Lucidus com uma risadinha.

Ana Cristina se apresentou e agradeceu a ajuda. Pensou em perguntar se ele sabia usar o celular, mas se controlou. Edgar tinha um jeito sério. Era forte, grande e transmitia segurança, no sentido de não ter cara de quem deixaria o celular cair de bobeira. Aliás, não havia nada de bobeira em Edgar.

Ele respondeu à apresentação de Ana Cristina com um

movimento mínimo da cabeça e decolou para dentro da araucária.

— Ótimo. Ele gostou de você. Podemos começar. Enquanto eu ajudo Edgar com a luz, vocês duas podem explorar o ninho e daí começaremos a entrevista — disse Lucidus.

Zizila, empoleirada no mesmo galho que a escritora, deu alguns pulinhos no lugar e soltou uma espécie de gritinho que poderia ser traduzido como "iu-hu!".

— Tenho certeza de que você vai amar nosso ninho. Tem tudo a ver com você. Bem, mas é melhor eu não falar demais para não estragar o efeito. Prefiro que você veja com seus próprios olhos. Pode ser sincera, viu? Pra reportagem ficar legal, a repórter, no caso você, precisa ter a liberdade de dizer o que bem entender. Senão fica fake, né? Vem, flor.

Zizila avançou pelo galho, de pulinho em pulinho, abrindo caminho entre a cortina de folhagem verde-escura. Passaram por três dessas cortinas. Na última, ela puxou a folha com a asa e sinalizou para que a escritora fosse na frente.

— Bem-vinda ao nosso ninho! Sinta-se em casaaa... — cantarolou Zizila.

O que Ana Cristina viu só pode ser comparado à caverna do Alibabá. Por toda parte, reconheceu pequenos objetos perdidos ou descartados, que em algum momento haviam pertencido à sua casa. As paredes eram feitas a partir de um delicado emaranhado de folhagem, palha e gravetos, com todo tipo de cacareco entrelaçado. Centenas ou talvez milhares de pedacinhos de papel de bala conferiam um brilho dourado ao ambiente e, em alguns pontos, cacos de vidro tinham sido cuidadosamente posicionados no vão dos emaranhados, formando uma sequência de janelões. O piso era um mosaico de CDs — inclusive um do software de instalação da antiga impressora de Luís. Do teto pendia um elegante lustre confeccionado com o envelopinho prateado do sachê de cloreto de magnésio que ela e Luís tomaram toda manhã, em jejum, durante seis meses direto. Ao fundo, uma cortina de tiras luminosas azul-turquesa bem chamativas, que Ana Cristina logo reconheceu como sendo as franjas de uma fantasia de melindrosa que ela havia usado no Carnaval, dois anos antes. Do outro lado da cortina, encontrou um salão ainda maior e mais iluminado. O teto era feito de cacos de vidro azul. Na hora ela se lembrou de uma velha garrafa de vinho vagabundo, que usava como vasinho de flor. Ficava numa mesinha, num canto da varanda, mas acabou quebrando durante uma ventania. Tampinhas de garrafa, sementes, pedrinhas, miçangas e grampos de cabelo compunham a estrutura das colunas do ninho. Reconheceu um anel que havia perdido não sabia onde e um par de brincos com pingentes lilás que amava. Agora, pendiam do teto do salão, um enganchado no outro feito um móbile. Nesse ambiente o tapete no "chão" era feito de tufos de lã, pedaços de algodão, fios de cabelo — que inclusive podiam ser do seu outro corpo —, grama e pelo de gato, certamente de Pompom e Kitty Cotonete. O resultado era bem aconchegante. Havia também uma estante que parecia feita de marfim, mas, olhando de perto, notou que eram lascas de unhas humanas. Suas, provavelmente.

Também reconheceu um broche que tinha pertencido à sua avó, o qual ficou tentada a pegar de volta, e um pingente de elefantinho. O pingente estava preso à parede, como o principal objeto decorativo do ambiente. Naquele contexto, parecia algo que poderia ter pertencido à dinastia Ming. O broche, uma meia-lua toda cravejada de brilhantes, ficava

no alto da parede, acima de um arco que conduzia a outro ambiente.

Seguindo por ali, chegou numa sacada com uma vista espetacular. Ali identificou o antigo cartão de banco de Luís, que tinha virado tampo de mesa, e alguns tocos de vela, que formavam o alpendre em si. Zizila havia tomado o cuidado de alinhá-los de modo que ficassem todos no mesmo nível, embora tivessem espessuras diferentes.

Na despensa, encontrou uma farta seleção de aranhas penduradas de cabeça para baixo, presas a um graveto pelo próprio fio de suas teias. Eram suculentas e estavam fresquinhas — o que percebeu pelo cheiro, irresistível.

— Pode se servir, flor — ofereceu Zizila. — Deixei aí pra você.

Ana Cristina provou a perna de aranha e achou uma delícia, diferente de tudo o que já tinha provado na vida. Na hora até se perguntou se não devia sentir um certo nojinho, mas... não.

Fascinada que estava com a construção, nem notou que Edgar e Lucidus a seguiam de perto, conforme as duas caminhavam pelos ambientes. Edgar, deslocando o celular com o bico, avançando de pulinho em pulinho. Lucidus, cuidando da luz, o que significava abrir orifícios no teto do ninho, conforme a necessidade.

Ana Cristina virou-se para a câmera e lambeu o bico, em sinal de aprovação pelas perninhas de aranha. Ofereceu ao câmera-corvo e ao espectador.

— Servidos?

O corvo apoiou o celular no chão e balançou a cabeça negativamente. Precisava se encurvar para não bater a cabeça no teto, o que só acentuava seu jeito corvo de ser. O bicho era estranho, mas Ana Cristina não ia implicar com o único assistente disponível. Sabia que a escolha de um corvo não tinha sido à toa. Ela não ia brincar em serviço.

— Vamos começar a entrevista, então? — sugeriu.

Seguindo o roteiro do programa "As casas mais maravilhosas do mundo", agora ela e Zizila teriam um momento de bate-papo descontraído. Conversariam sobre o ninho e suas peculiaridades. Zizila sugeriu que conversassem na varanda, onde a luz era melhor.

Edgar e Lucidus seguiram para lá, com o celular. Ana Cristina então achou que seria uma boa ideia interromper a filmagem e enviar o arquivo para a nuvem, por precaução. A isso o corvo respondeu que ela não precisava se preocupar. Ele estava fazendo backup de tudo. E, sim, exportando para a nuvem. Ana Cristina ficou muito bem impressionada. Aquele corvo não tinha sido escolhido ao acaso mesmo. Lucidus sabia exatamente o que estava fazendo.

ENTREVISTA COM AMAZILIA LÁCTEA

Reportagem: Estamos aqui hoje com Amazilia Láctea, da espécie popularmente conhecida como beija-flor-do--peito-azul. Zizila, como prefere ser chamada, talvez seja a primeira beija-flor a abrir as portas do seu ninho para uma reportagem desse tipo. Em nome da espécie humana, quero lhe agradecer, Zizila, por seu desprendimento e generosidade. Gostaria de começar pedindo a você que contasse para nós como é ser beija-flor num planeta dominado por seres humanos e como se dá essa convivência?

Amazilia Láctea: Eu que agradeço a oportunidade de compartilhar um pouquinho das nossas vidas. Namastê, Flor. Bem, vamos lá. Que tal começarmos pelos bebedouros que vocês penduram na varanda? Aquilo não é legal. Não é bom para os nossos filhos, não é bom para vocês, não é sequer um objeto bonito. Desculpa dizer, mas é meio nojentinho. A meu ver, bebedouros com pedaços de plástico imitando flores de verdade são uma ideia ridícula que deveria ser proibida, e vou explicar por quê. Primeiro, porque vocês não lavam direito e nem trocam a água com a regularidade que deveriam. Segundo, porque colocam açúcar branco na água, que é um veneno para a saúde de qualquer criatura, independentemente da espécie. Só que nossos filhotes adoram. Adoram. Eles ficam viciados naquilo e depois é um inferno ter de reeducar para que tenham uma alimentação natural, baseada em flores de verdade. Então, fica aqui o meu pedido para que retirem esses bebedouros de água das varandas. Nossa espécie agradece! O único jeito seria se vocês trocassem a água diariamente e limpassem o bebedouro com uma escovinha de dentes a cada vez, para não juntar fungo, além de não botarem açúcar. Mas quem tem tempo de fazer isso? Já vi bebedouro que ficou quinze dias sem troca de água. Um horror! Desculpa dizer, mas é verdade. Se vocês fazem tanta questão de terem passarinhos visitando suas varandas, plantem flores que sejam interessantes para nós. Chapéu-chinês, tamanquinho de holandês, flor-de-maio, flor-de-outubro, um belo pé de jasmim... Existem tantas opções. Além do que, a sua varanda vai ficar muito mais charmosa e elegante. Veja a minha, por exemplo. Se você faz questão de ter uns badulaques pendurados, coloque vasinhos suspensos. Além de ficar muito gracioso, servirá de pit-stop para os nossos voos também. Aproveitando a oportunidade, também gostaria de falar sobre casas de vidro, se não for problema. Posso?

Reportagem: Sim, por favor.

Amazilia Láctea: Eu não sei de onde humanos tiram essas ideias. Não sei se foi depois do filme *Crepúsculo*, mas a mania de construir casas de vidro é algo que me incomoda demais e, falando em nome da minha espécie, diria que chega a ser um ato criminoso. Desculpa, mas é verdade. Você tem ideia da quantidade de beija-flores que morrem todos os anos porque estão voando a mais de 70 km/h e *Toing!*, batemos em cheio numa parede de vidro? Não precisa responder. São milhares. É morte súbita. Muito traumático para a família. Minha sugestão é que vocês façam como eu, acrescentando pedacinhos de vidro, de preferência colorido, na própria parede, mas jamais uma paredona inteira de vidro. Ora, vocês têm Gaudí, que domina a técnica como ninguém. Quem sou eu para dizer como fazer...

Reportagem: Isso me leva à minha próxima pergunta. Gaudí, o arquiteto catalão, foi uma inspiração para a senhora?

Amazilia Láctea: Ah, flor, fico lisonjeada. Sou muito fã dele, mas não. Na verdade, só fui descobrir Gaudí muito depois de ter avançado bastante na construção. Hoje eu sei que nossas obras realmente dialogam, mas, quando eu comecei, foi um processo bem instintivo. Claro que fiquei surpresa quando vi imagens do que ele fez lá em Barcelona. Mas, sem querer soar arrogante, eu acho que é o contrário. Foi ele que se inspirou em formas da natureza, com as curvas e um feeling mais orgânico, com a mistura de materiais e a riqueza de texturas. Além do mais, ele não foi o único. Em Viena tem o Friedensreich Hundertwasser, e aqui no Brasil temos o Estêvão, em Paraisópolis, São Paulo. Somos todos cacarequeiros.

Reportagem: Cacarequeiro? Não conhecia esse termo. Fale mais a respeito.

Amazilia Láctea: Catadora de cacarecos ou reaproveitadora de materiais. É um conceito que vem da bioconstrução.

Quer dizer, para vocês, né? Porque para mim é puro bom senso, coisa que qualquer passarinho faz desde que o mundo é mundo. Nós trabalhamos com os recursos disponíveis no lugar, sem trazer nada de fora. Essa é a primeira diretriz da nossa filosofia de construção. A segunda é dar um novo significado para materiais que cumpriram sua vida útil e seriam jogados no lixo. Latas de refrigerante, garrafas PET, saquinho plástico, embalagens de todo tipo, alumínio, vidro, papelão, isopor, caixinha de leite. Tudo isso pode ser usado na parte estrutural, na construção das paredes, do piso, das janelas e da cobertura. Tem gente que acha feio, já ouvi até quem diga que fica com cara de lixão. Imagina?! Pois é aí é que está o barato, conseguir fazer com que fique bonito! Tem que ter um requinte estético. Disso eu não abro mão.

Reportagem: Aproveitando que entramos no assunto decoração de interiores, preciso lhe dar os parabéns pelo acabamento do ninho. Chamaram minha atenção os objetos que a senhora incorporou e ressignificou como obras de arte. Dentre esses objetos reconheci vários que costumavam ser meus ou do Luís. Como foi essa seleção e consequente apropriação?

Amazilia Láctea: A seleção foi baseada em gosto pessoal mesmo. Acho que temos um gosto parecido, essa coisa meio kitsch, retrô, divertida. Por isso que me sinto tão ligada a você, flor. É uma afinidade mesmo. Adoro as velharias que você traz dos brechós da Vila Madalena. Aquele seu vestido laranja de cetim com flores douradas, por exemplo, é uma graça. E a colcha de fuxico, as almofadas com tampinhas de garrafa revestidas com retalhos, aquele xale de lã roxo com detalhes em verde? Que coisa mais lindinha. Pena que é muito pesado, senão eu já tinha pegado pra mim. Sempre dou uma espiadinha pela janela da sua casa. Já te disse que sou voyeur assumida? Não? Pois sou, sim.

Do mesmo jeito que você está curtindo a viagem de ser um passarinho, eu também tenho dias em que fico fantasiando como seria ser uma mulher com duas pernas, peitos, unhas coloridas e uma profissão interessante, com carta de motorista, orelhas nas quais eu pudesse pendurar brincos. Amo brincos. Fico imaginando como deve ser escrever um livro. Gosto do barulhinho do teclado. Acho que você nem sabe disso, mas tem dias em que você está lá concentrada, escrevendo, superinspirada, e eu fico na janela do escritório, só ouvindo o tec-tec-tec no teclado, acompanhando as letrinhas surgindo na tela. Acho tão emocionante acompanhar o processo, uma letrinha aparecendo depois da outra, formando palavrinha por palavrinha, depois uma frase, um parágrafo, uma página inteira e, depois de algumas horas, um capítulo. É tão artesanal e delicado, e também tão frágil. Mas você estava me perguntando sobre a apropriação, né? Pra mim é um movimento muito natural. Desde que você veio morar no sítio, num habitat que pertence à minha família desde que o mundo é mundo, nós a adotamos como parte da família. Por nós eu me refiro à fauna local. Assim como nós compartilhamos o nosso mundo com você e Luís, vocês também compartilham o de vocês. Assim como você colhe frutas do pomar, eu pego seus brincos, anéis, caquinhos de vidro, lantejoulas, tufos de pelo dos seus gatos, cartão de banco, coisinhas do tipo. Aliás, estou muito feliz por essa oportunidade de conversarmos de igual para igual. Nesses últimos dias, enquanto você se preparava para a missão, eu até revi minha opinião a respeito de seres humanos. Vocês são umas criaturinhas curiosas, com muitas qualidades. Obrigada por ter me ajudado a perceber isso.

Reportagem: Antes, qual era a sua opinião a respeito de seres humanos?

Amazilia Láctea: Ai, flor, desculpa, mas não era das melhores. Que tal ficarmos com minha opinião atual e passarmos para outro assunto, hein?

Reportagem: Última pergunta, então. Gostaria que a senhora comentasse sobre o comportamento das flores que foram encarregadas de fazer contato comigo e me instruir para a missão. Qual foi o critério para selecionar essas plantas, especificamente, e não outras? A senhora achou que elas fizeram um bom trabalho? Pergunto isso porque eu achei que elas mais me confundiram do que de fato ajudaram a me preparar para isso. Não sei se todas são assim, mas achei que elas foram umas falastronas.

Amazilia Láctea: A sua pergunta é engraçada, mas vou tentar responder direito. Bem, flores são assim mesmo. É da natureza delas esse jeitinho dengoso, dissimulado e temperamental. Você sabe que plantas só dão flores quando elas atingem o máximo do esplendor. Daí, tchan, desponta um botão de flor. Flores são um surto de alegria e vitalidade. É um capricho, um requinte da criação. Quanto ao critério de seleção, foi tentativa e erro. Lucidus visitou diversas e a maioria não quis nem saber. Mas as marias-sem-vergonha piraram na ideia. Foram as primeiras a aceitar. Acharam divertidíssimo. Depois, o sr. Maracujá também topou, por razões mais pessoais. Não me pergunte quais, mas eu achei que ele tinha alguma dívida a acertar com você. Talvez por causa daquela vez que você tosou o coitado. Lembra? Podou ele todinho no talo, quando ele sofreu um ataque de lagartas? Então, continuando, o Rapazinho Vulgar topou porque ele é margarida e margaridas são vanguardistas de nascença. Não resistem a uma novidade. O Cavaleiro Noturno, como você bem percebeu, é um sedutor. Não foi preciso perguntar duas vezes. Por mais atrapalhadas que elas tenham sido, eu diria que no fim deu tudo certo. Afinal, olha só para você! Está aí, com esse bico enorme, olhinhos curiosos, há mais de quinze metros do chão, dentro de um ninho, totalmente dedicada à missão recebida. É ou não é?

Reportagem: Bem lembrado! Falando em missão, que tal encerrarmos a entrevista por aqui?

Amazilia Láctea: Sim, sim, e mais uma vez, flor, quero agradecer a oportunidade de compartilhar com vocês um pouquinho da nossa vida e das curiosidades da nossa espécie. Agora vou deixar vocês bem à vontade para explorarem o ninho. Sintam-se em casa!

Zizila pronunciou as últimas palavras olhando diretamente para o celular, como uma YouTuber experiente. Piscou, sorriu e deu uma espécie de jogadinha de ombros. Segurou o sorrisinho até que o corvo ergueu a asa, sinalizando que tinha encerrado a gravação.

— Mataram a pau! — exclamou.

Ana Cristina se espantou com a súbita animação do corvo, mas de fato ele parecia muito satisfeito com o resultado.

— Zizila, parabéns. Você estava super à vontade com a câmera e foi muito generosa nas respostas — disse.

Então virou-se para Ana Cristina e acrescentou:

— E você, mulher, gostei! Mandou bem. Deixou a entrevistada falar, sem ficar interrompendo. A sua dicção não estava das melhores, mas qualquer coisa a gente acrescenta legenda.

Ana Cristina se aproximou do corvo chamado Edgar, olhou bem nos seus olhos e perguntou:

— Mulher?!

Só havia uma pessoa que a chamava assim. Edgar coçou atrás da nuca com a ponta da asa, e não precisou de mais nada para que Ana Cristina reconhecesse o marido no corpo de corvo.

CORPO DE CORVO

— Ai, finalmente! — comemorou Zizila com alguns pulinhos. — Achei que você não fosse reconhecer seu marido nunca mais. Gostou da surpresa, flor?

— Por que corvo? — perguntou Ana Cristina, confusa, enquanto reparava nas penas preto-lustrosas do marido.

Ao contrário da opinião geral, ela sempre considerou corvos aves bonitas. Não as associava a mau agouro ou morte ou cemitério.

Zizila pediu a Edgar que ligasse a câmera novamente. Já que era para falar sobre corvos, que ficasse registrado em vídeo. Ela voltou à posição em que se encontrava antes, no cantinho da varanda com a melhor luz, aprumou as penas e olhou para o celular. Disse à Ana Cristina que podia ficar ali mesmo.

— Olá, amigos. Zizila aqui novamente. Hoje para conversarmos um pouquinho sobre corvos e desfazer as bobagens que dizem sobre esse pássaro tão especial. O bicho é superinteligente, tanto que ele consegue imitar a fala humana, que é uma coisa difícil. Todo mundo acha que apenas papagaios têm esse talento, mas corvos conseguem imitar até melhor. Além disso, eles fazem uma coisa que talvez vocês nem acreditem, mas que é a mais pura verdade. Eles confeccionam brinquedinhos a partir de diversos cacarecos, pinha, galho, bolinha de pingue-pongue, pedrinha, papel de bala. Mais ou menos como eu faço minhas intervenções artísticas. Eu acho lindo esse lado brincalhão deles. Corvos se divertem com esses brinquedinhos, o que só demonstra que eles não são os bichos carrancudos e agourentos que todo mundo imagina. É tudo fachada. Aliás, isso é bem a cara do Edgar, nosso câmera-corvo. Ele também tem essa cara séria, mas quem conhece bem é que sabe. Enfim, fica aqui a sugestão para, numa outra ocasião, fazermos uma reportagem investigativa sobre eles. Taí a dica, Phil!

Zizila repetiu a piscadinha para a câmera e aguardou Edgar sinalizar que tinha encerrado a gravação. Pulou até Ana Cristina e suspirou.

— Ufa! Chega por hoje. Falei demais e vocês dois ainda têm muito trabalho pela frente. Edgar, como está a bateria?

Edgar informou que estavam bem, ainda tinham 95%.

— Se quiserem beber alguma coisa, recomendo esse jasmim-estrela que é um néctar dos deuses! Para o Edgar, deixei uns insetos suculentos na cozinha, que eu sei que ele vai adorar.

Zizila abriu uma cortina feita a partir de fitinhas do Nosso Senhor do Bonfim e Ana Cristina viu a trepadeira de jasmim se enroscando pelo tronco de uma árvore vizinha. Não resistiu e zarpou até lá para tomar um gole. No caminho encontrou Lucidus, que pela primeira vez não estava com a cara fechada e desconfiada de sempre.

— E aí? — atreveu-se a perguntar ao chefe, enquanto bebericava.

— Curti — respondeu ele, satisfeito.

— Mesmo?

— Tá massa! — acrescentou, dessa vez esboçando um sorrisão.

Ana Cristina aproveitou para comentar que ele podia ter alertado antes sobre a metamorfose do marido.

— Algum problema? — perguntou ele, num tom tão casual que Ana Cristina achou melhor deixar o assunto de lado.

Não havia problema, só havia uma pequena mágoa boba.

— O quê? — perguntou Lucidus, lendo seu pensamento.

— Eu não sabia que a gente podia trocar de nome também. Eu não ganhei nome novo.

— Era só ter pedido. Edgar pediu.

Ana Cristina ficou sem resposta. Traduzindo, o marido tinha sido mais esperto.

— Vamos voltar pro serviço? — ordenou Lucidus. Não era uma pergunta.

Ana Cristina zarpou de volta para o ninho, seguida pelo chefe, e de repente soube o que fazer e como. Dizer que o jasmim-estrela era revigorante é bobagem. Revigorante é um gole de energético. O néctar de jasmim causava um efeito que, para padrões humanos, seria o equivalente a uma descarga de adrenalina.

— Estou pronta para começar — disse, interrompendo o papo de Zizila e Edgar. — Vou visitar cada ambiente e registrar minhas impressões. Quero falar sobre a engenharia da construção, os materiais utilizados e o acabamento. Quero falar do efeito sensorial, do aproveitamento da luz natural e da distribuição dos espaços. Isso aqui é uma obra de arte. Isso aqui é muito lindo! Esse ninho é mais que a moradia dos sonhos, é também um memorial ao nosso casamento, com todos esses cacarecos do dia a dia, as miudezas que falam muito mais do que os álbuns de viagens. Isso é um tributo ao cotidiano. O mundo precisa ver isso. Quero começar já. Já!

Zizila e Lucidus assentiram, satisfeitos. Finalmente, a escritora estava raciocinando como um beija-flor. O casal lhe desejou um bom trabalho e zarpou pela varanda.

Edgar filmou todos os ambientes enquanto sua companheira fazia observações sobre a construção, como que conversando com a câmera. O deslocamento do celular foi a parte mais complexa, mesmo sendo um telefone de última geração. Quando Ana Cristina ofereceu ajuda, Edgar disse que não precisava. Falou para ela se concentrar na reportagem. Ele estava pegando o jeito para manusear o aparelho com o bico e os pés. Até fez uma piadinha um pouco infame, mas que deixou claro que ele estava se divertindo. Disse que depois que pega o jeito, é bico.

Na cozinha, Ana Cristina adotou os trejeitos de crítica gastronômica, imitando seu chef de cozinha favorito. Além das pernas de aranha, que já havia provado, havia porções de gafanhotos e grilos, recipientes cheios de mosquitinhos, cestas com antenas de abelha, travessas com cascos de caracol e asas de joaninhas. Experimentou um bocadinho de cada, e acrescentou um adjetivo bem suculento para acompanhar. Comentou como entre os beijas-flores era tudo muito prático, considerando que nem teria que cozinhar, assar, ferver, fritar, marinar, picar, triturar ou nenhum desses processos trabalhosos e enfadonhos. A coisa era simples e natural: cata e come, com a vantagem de não precisar lavar a louça depois. Isso, sem mencionar o benefício de cada pequena refeição gerar uma explosão de energia e disposição.

Sem a presença dos donos do ninho, Ana Cristina ficou mais à vontade para xeretar em tudo. A vida toda ela teve desejo de entrar na casa das outras pessoas para fuçar, por simples curiosidade. Ali, quanto mais fuçava, mais encontrava seus próprios pertences. Sentia-se perfeitamente em casa no ninho.

Na varanda, fez movimentos de Tai Chi Chuan, imaginando que beija-flores também praticam a arte marcial. De tanto em tanto, aproximava-se da câmera e expunha suas impressões em declarações como: "Essa é a vida dos sonhos", "Esse ambiente me inspira". Abriu as asas e contemplou o horizonte. Depois se virou para a câmera, numa pose sensual, e continuou: "A proximidade com a natureza alimenta minha alma. Aqui me sinto segura, inspirada e mais disposta. Esse lugar é um estímulo à criatividade". Imaginou a música que colocaria de fundo para criar o clima desejado.

As intervenções artísticas de Zizila ganharam destaque especial. Num dos salões, por exemplo, topou com um chafariz feito de isopor revestido com lantejoulas. A água jorrava através de alguma engenhoca eletrônica que nem Edgar, nem Ana Cristina conseguiram entender. Era majestoso, delicado e contribuía para a atmosfera serena do ambiente com um barulhinho de água corrente. O chão era um mosaico construído com grãos de feijão-preto, feijão carioca, milho, arroz e lentilha. Lembrava um antigo templo romano, nas devidas proporções. Apesar da imensa variedade de materiais, as composições eram feitas de um modo que tudo se encaixasse com elegância. Zizila tinha estabelecido critérios estéticos para que tipo de material combinaria com cada ambiente.

No quarto do casal, a opção foi por usar muitos gravetos, folhas, flores secas e palha. O leito tinha como base um boné que havia pertencido ao Luís. A aba virou uma espécie de criado mudo, e o boné em si foi preenchido com tufos dos pelos de Pompom e Kitty Cotonete.

No ateliê onde Zizila estocava os cacarecos que ainda não tinham encontrado lugar definitivo, acharam todo tipo de material de trabalho. Era tudo muito limpo e organizado, com os objetos separados por categorias. Chamou a atenção uma pilha de santinhos da última eleição para vereador. Estavam separados por partido político. Numa outra pilha havia santinhos de Santo Expedito, sendo que um deles estava pendurado na parede. Edgar se aproximou para fazer um close de um detalhe curioso. Enquanto, na imagem original, Santo Expedito está pisando num corvo morto, naquela Zizila tinha substituído a figura do pássaro pela cabeça de um dos vereadores mais votados da região.

Edgar comentou que ia pedir a Zizila que fizesse um daqueles para ele levar para casa e pendurar na porta da geladeira. Em seguida, chegaram num cômodo que em algum momento havia sido o quarto das crianças. Estava fora de uso, empoeirado e com teias de aranha que bloqueavam a entrada. Dava para espiar dentro, mas se Zizila estava permitindo que teias de aranha cobrissem a passagem para o quarto, certamente era por um motivo. Ana Cristina concluiu que ela queria que a natureza, por si só, fechasse esse capítulo da história do casal. Qual seria a idade deles? Quarenta e poucos, em idade humana? Estaria Zizila vivendo a síndrome do ninho vazio e por isso teve a ideia de fazer aquela reportagem? Fazia quanto tempo que os filhos teriam deixado o ninho? Ainda teriam contato com os pais? Será que Zizila e Lucidus já eram avós? Conforme as perguntas surgiam, Ana Cristina ia falando para a câmera, agora num tom mais intimista.

Edgar sugeriu que finalizassem a filmagem com tomadas externas, mostrando o sistema de conexão entre os ambientes. Comentou que tinha achado isso a parte mais genial do ninho.

Ana Cristina tomou mais um belo gole energético e fez uma fala completa, pairando em pleno ar, enquanto Edgar ficou empoleirado num galho. Explicou que os cômodos eram ligados por um sistema de túneis, de modo que o ninho todo poderia ser remontado em diferentes combinações. Bastava deslocar um cômodo inteiro para outro lugar. Nesse sentido, a construção era totalmente adaptável às necessidades dos habitantes. Sozinha, Ana Cristina não conseguiu testar como isso funcionava. Seriam necessários dois beija-flores para fazer essa operação. As paredes externas continham alças nas laterais e um trinco. O processo era bem intuitivo: primeiro abria-se o trinco, depois era só segurar nas alças com o bico e destacar aquela parte da construção.

Falando para a câmera, explicou que beija-flores conseguem carregar peso contanto que a distância seja curta e estejam bem abastecidos. O interessante é que um beija-flor não conseguiria executar a operação sozinho. O serviço exigia dois: um jeito inteligente de evitar rixas entre o casal. Se uma das partes não estivesse disposta a remanejar os ambientes do ninho, nada seria feito. Uma regra que vale para praticamente qualquer decisão envolvendo mudanças estruturais numa casa. Ou o casal faz junto, ou então nada feito, explicou para a câmera. Finalizou a reportagem com uma piscadinha para a câmera, ao estilo Zizila.

SOBREVIVENTES

Deitado de olhos abertos no leito feito a partir de um velho boné, Edgar reclamou que estava com insônia. Ana Cristina virou de lado e resmungou qualquer coisa. Estava exausta e mal conseguiu registrar o que o marido havia dito. Edgar pulou do leito e voou até a janela, onde ficou empoleirado, contemplando a noite quente, com seus aromas e barulhinhos, agora tão nítidos e irresistíveis. Sua barriga roncou como se fosse humano. Os petiscos de beija-flor não tinham sido o suficiente para ele. Olhou para trás, conferiu que a companheira dormia profundamente e voou noite adentro, sem pensar duas vezes.

Ana Cristina abriu os olhos antes de o sol raiar e tomou um susto ao perceber onde estava e em que condições. Não gostou da sensação de despertar fora do corpo e começou a se perguntar o que estava fazendo ali. Pressentiu um ataque de mau humor chegando e pulou do leito. Chamou pelo marido, usando os dois nomes. Vasculhou o ninho todo e não encontrou nem sinal de Edgar ou de Luís. Então tomou um bom gole de energético e zarpou pela janela, em direção aos primeiros raios de sol. Voou e gritou por ele, já com o coração disparado. Por instinto, foi em direção à casa. Notou que a porta da frente e as janelas estavam abertas. Pensou nos gatos e logo bateu um sentimento de culpa. Os pobrezinhos deviam estar famintos. Gritou então seus nomes, na esperança de que eles reconhecessem sua voz. Atravessou a janela, entrou no escritório e ficou parada no ar, estarrecida com a visão de Kitty Cotonete com um corvo na boca.

Ana Cristina conhecia o lado sádico de Kitty Cotonete melhor que ninguém. Num piscar de olhos visualizou o que a gata faria durante a próxima hora. O processo seria lento e cruel. Primeiro, ela se divertiria um bocadinho, arremessando o corpo do Edgar pelos ares, estapeando, fazendo malabares, brincando de pebolim e depois fingindo que havia se arrependido da chacina somente para sair andando, com jeito de quem perdeu o interesse. Mas ai de Edgar se tentasse salvar a própria pele e saísse voando. Kitty Cotonete voltaria feito um raio, aterrissaria em cima dele, agarrando-o pela jugular, recomeçando um novo torneio de pebolim macabro. Depois, quando o marido estivesse mais para morto que vivo e já não pudesse oferecer a resistência necessária para um brinquedo divertido, Kitty Cotonete o desmembraria em pedacinhos. Deixaria seu corpo inerte na cadeira, como oferenda. Claro que antes abriria sua barriga e comeria os órgãos mais apetitosos.

Ana Cristina já tinha visto essa cena muitas vezes antes, sempre com um misto de tristeza e empatia pela natureza selvagem de Kitty Cotonete. Nunca censurou a fúria assassina da gata. Ao contrário. Nas vezes em que encontrou passarinhos desmembrados em seu escritório, com Kitty Cotonete sentadinha nas patas traseiras, ao lado da oferenda, ansiosa por um elogio, sempre fez questão de afagar a cabeça da gata e dizer como estava orgulhosa. Depois, varria o escritório, limpava o sangue salpicado pelo chão, recolhia as tripas, sempre tecendo elogios a Kitty Cotonete. A gata ficava envaidecida. Ana Cristina ia além e dizia coisas como: "Pompom não caça que nem você, né, Kitty? Só você é caçadora. Quem é a caçadora da mamãe?".

Kitty Cotonete quase não cabia em si de orgulho e respondia com um miado cantarolado que era praticamente um choro de pura emoção. Por tudo isso, Ana Cristina teve certeza de que aquele seria o fim do marido. Como que confirmando a previsão macabra, Kitty Cotonete empinou o corpo para trás e cuspiu Edgar para o alto. O coitado mal teve tempo de abrir as asas e levou um tapa na cabeça, colidindo contra a parede do escritório. Depois, foi atirado contra uma prateleira da estante e caiu estatelado ao lado de um dicionário de sinônimos.

Ana Cristina gritou em desespero, chamando pelo chefe, por Zizila, pela polícia. A resposta veio na forma de uma espécie de guincho misturado com miado. Era Pompom, que saltou de cima da mesa e esmagou Kitty Cotonete contra o chão. Os dois se engalfinharam, cuspiram um na cara do outro, arrancaram tufos de pelo e tentaram furar os olhos reciprocamente enquanto Edgar se entocou no vão entre o dicionário e a parede.

Kitty Cotonete se comportava feito uma fera assassina disposta a recuperar a presa e exterminar qualquer um que se pusesse em seu caminho. Pompom manifestou uma agressividade que ninguém ali jamais tinha visto. Seu corpanzil, normalmente estirado na poltrona da sala, ganhou uma autoridade de animal de verdade, em vez daquela coisa quase de pelúcia. Pompom se revelou um gato bravo que poderia inclusive matar. Isso, sim, foi assustador.

Kitty Cotonete arqueou as costas, os pelos se eriçaram. Por um segundo sua autoestima ficou abalada. Não esperava isso de Pompom.

Deixou o escritório com uma corridinha humilhada e se enfiou debaixo do sofá.

Com toda delicadeza, Pompom abocanhou o corpo de Edgar, cauteloso para não machucar, e saltou pela janela. Disparou em direção ao abacateiro.

PARCERIA NATURAL

Encerro este relato com Kitty Cotonete deitada no meu colo. Ela ronrona alto, satisfeita com os afagos recebidos atrás da orelha, entre um parágrafo e outro. Desde o incidente com o corvo, faço questão de paparicá-la bastante, para que não fique traumatizada. Se antes Pompom já era o xodó de Luís, após ter salvado a sua vida, ganhou status de herói. Nem por isso se envaideceu. Continua sendo o gato fofo e carinhoso de sempre.

É um alívio saber que retornei definitivamente ao meu corpo de nascença. Sinto-me novinha em folha, revigorada e.... por que não dizer... vinte anos mais jovem. Ao menos por dentro. Aproveitando essa adrenalina saudável, assumo a escrita em primeira pessoa, como a Índigo e a Ana Cristina que sou. Foi fantástico sair do corpo e me enxergar de fora, mas voltar para dentro é a melhor parte.

Sobre a reportagem, tivemos um problema técnico grave. A lente do celular não deu conta de captar os movimentos das nossas andanças pelo ninho de Zizila. O vídeo virou um grande borrão de trinta segundos. Luís e eu jurávamos que daria mais de uma hora de filmagem. Essa ao menos era nossa percepção. Em meio a esses trinta segundos está a entrevista com Zizila, em algum lugar do borrão. Olhando em retrospectiva, parece óbvio que não teria dado certo. Mas durante uma metamorfose a gente perde um pouco a capacidade de raciocínio lógico.

Luís lamentou muito mais o fiasco da filmagem do que eu. Ficou arrasado e sentindo-se em dívida com Zizila e Lucidus. Corvos têm uma reputação por serem superinteligentes. Entre as aves, são os equivalentes dos golfinhos. Mesmo assim, ali, no calor do momento, ele não considerou as limitações tecnológicas. Conversamos bastante sobre maneiras de remediar a situação. No fim, a ideia mais viável e segura foi a escrita deste livro. É o que eu tenho feito. Mantenho a janela sempre aberta e transferi algumas bromélias em flor para bem pertinho do escritório. Zizila e Lucidus logo entenderam o recado. Todo dia, por volta de onze da manhã, eles chegam. Zizila pousa no meu ombro e eu coloco o cursor no ponto em que comecei a produção do dia. Clico duas vezes para destacar a frase inicial. Lucidus vai direto para o teclado. Eu meio que calculo o tempo de leitura, em padrão humano, e passo para a página seguinte. De tanto em tanto, os dois conversam. Eu não entendo nada, mas sei que estão comentando o texto porque depois Lucidus mete o bico nas teclas e rapidinho reescreve as partes com as quais ele não concorda.

Luís pegou mania de conversar com plantas. Ele acha que eu não percebo. Tem sido discreto e fala baixinho, mas eu vejo e não digo nada. Eu, por enquanto, parei com isso. Por enquanto.

ENTREVISTA COM A AUTORA

Quando você resolveu que seria escritora? Como alguém faz para se tornar um escritor?

Eu estava num táxi. O motorista era do tipo que gostava de conversar. Ele perguntou o que eu fazia da vida e eu respondi que era escritora. Foi a primeira vez que eu disse isso em voz alta, e a partir daí eu resolvi que era isso que eu seria de fato. A verdade é que essa é uma profissão diferente. Ela é uma consequência. Um dia você se dá conta de que virou uma escritora, após ter publicado alguns livros, após perceber que essa é uma atividade que toma um tempo considerável do seu dia, após as editoras reconhecerem que você é uma pessoa que continua publicando livros, ano após ano. Depois de tudo isso, percebemos que não tem jeito, viramos escritores.

Para se tornar uma escritora, a receita é simples. Escreva, termine o que você está escrevendo, mostre para alguém, receba as críticas e retorne ao seu texto. Faça alterações e publique. Essa é a primeira parte. Depois que você publicou, trate de começar tudo de novo, com uma nova história. E siga assim, até o fim.

De onde veio a ideia para escrever esta história?

Veio da minha amiga Nancy. Quando ela me contou a ideia, eu me reconheci imediatamente. Conheço muita gente que fala da importância de conversarmos com as plantas, se quisermos ter plantas bonitas. Minha avó era dessas. Quando lhe perguntavam o segredo para ter plantas tão lindas, ela dizia que era porque conversava com elas. Eu não sou do tipo que conversa a todo momento com as plantas. Mas vira e mexe eu me pego fazendo algum comentário, quando estão superexuberantes, eu elogio. E se estão desmilinguidas, eu também acabo dizendo alguma coisinha, para que elas percebam que eu reparei, e que farei alguma coisa para remediar, uma poda ou adubação. Me pareceu uma ótima ideia que elas começassem a responder, já que há tanto tempo, por toda parte, as pessoas têm mania de conversar com elas.

A Ana Cristina e a Índigo são a mesma pessoa? O que elas têm de comum e de diferente?

Mais ou menos. Ana Cristina é ótima para resolver questões burocráticas, da vida cotidiana. Ela é objetiva, prática e bem pé no chão. Índigo prefere viver no mundo da imaginação, é um pouco fleumática, sonhadora, romântica. Se dependesse de Índigo, ela ficaria escrevendo, reescrevendo, perdida na criação. Mas daí tem Ana Cristina, que faz com que ela volte para o mundo real e cumpra prazos, por exemplo.

Você tem bichos e plantas? Fala com eles? E eles respondem?

Meus gatos conversam comigo o tempo todo. Eles respondem a minhas perguntas no ato, sempre de um jeito muito direto que não deixa sombra de dúvida. São um casal de irmãos. Ele se chama Geeves e ela, Porfíria. Apelidos, Giveirinho e Porfa.

A Porfa é mais eloquente. A conversa com as plantas acontece de um jeito muito mais sutil e lento. Explico. Elas se comunicam comigo por meio de pura expressão corporal. Eu sei se estão felizes pelo tônus das folhas e pelo ritmo de crescimento. Plantas felizes estão sempre se desenvolvendo. Plantas deprimidas não evoluem. Plantas felizes são vistosas, fortes. Plantas tristes tendem a ficar murchas, tímidas. Eu acho que elas são super expressivas. Se você reparar, elas dizem direitinho o que estão sentindo e do que estão precisando.

Se os bichos e as plantas pudessem falar conosco, o que acha que eles diriam?

Bem, eu acredito que eles falam com a gente o tempo todo. Os passarinhos me avisam quando está na hora de acordar. Meus gatos me dizem quando está na hora de alimentá-los.

Você também gosta de ler? O que costuma ler?

Eu amo ler. Foi por gostar tanto de ler que comecei a escrever minhas próprias histórias. Eu leio de tudo, mas o gênero que mais me atrai são os romances. Mas tem momentos em que prefiro ler não ficção, quando estou interessada em algum tema específico. Só não tenho hábito de ler poesia. Mas adoro ouvir declamações. Acho super inspirador. Gosto demais de ler autores nacionais contemporâneos. Mas também adoro ler os clássicos. No fim, minhas leituras são meio caóticas. Eu leio o que estou a fim. Acho que essa é uma boa dica para jovens leitores. Leia aquilo que o seu coração pede. Existe o momento certo para cada livro. Certos livros não fazem o menor sentido em determinada fase da vida. Então, passa um tempo, você retorna àquele mesmo livro e — caramba! — ele faz o maior sentido. Isso é tão mágico. O contrário também acontece. Às vezes vou reler livros que eu tenho certeza de que amo. Abro o livro e começo a ler e vou me perguntando:

"Ué, o que foi que eu vi nesse livro?". Parece que o amor passou. E tem aqueles que são amores eternos, que resistem a tudo.

Como um livro é feito do começo ao fim?

É um caos. Na verdade, eu poderia escrever um livro inteiro para falar sobre como é caótico escrever um livro. Eu costumo escrever várias versões do mesmo livro. *Flores falastronas*, por exemplo, começou a ser escrito sete anos atrás, e eu lembro como se fosse ontem. Fui para o jardim, com uma canga e um caderno. Encostei as costas numa árvore e apoiei os pés em outra. Comecei a fazer anotações no caderno. Era sábado. Tive um montão de ideias. Saí dali com um caderno cheio. Algum tempo depois, tive outra ideia, que eu achava que era para outra história. Era a história de um beija-flor que está preparando uma surpresa para sua esposa e precisa contratar uma jornalista para ajudá-lo. Esse livro era feito basicamente de entrevistas. Então eu me toquei de que as duas histórias pertenciam ao mesmo livro. Além dessa confusão de tentar encontrar a história que queremos contar, tem uma outra questão que é encontrar o narrador certo. Eu sempre fico em dúvida entre primeira pessoa ou terceira pessoa. E se for em primeira pessoa, quem é esse personagem que está contando a história? Essa é uma pergunta importantíssima.

Este livro foi composto na fonte Fairfield LT Standard Light
e impresso em papel Polen Soft 80g/m² na gráfica LIS.
São Paulo, Brasil, junho de 2021.